# 薬も過ぎれば毒となる
# 薬剤師・毒島花織の名推理

塔山 郁



宝島社
文庫

宝島社

# 薬も過ぎれば毒となる　薬剤師・毒島花織の名推理

水尾《みずお》爽太《そうた》がその黒縁眼鏡の女性をはじめて見たのは、吹く風もまだ冷たい三月初旬の頃だった。

神楽坂《かぐらざか》のホテル・ミネルヴァに勤める爽太は、その日、〈風花《かぜはな》〉という喫茶店にいた。ナポリタンが美味《おい》しいという噂《うわさ》を聞いて、一人で昼休みにやって来たのだ。午後一時を過ぎていたが、店内はまだ混んでいた。空いていた窓際の席に座り、ナポリタンとコーヒーのセットを注文する。内装は昔ながらの喫茶店といった風だった。壁にはコーヒー豆の産地を記したポスターが張られ、細長いカウンターの奥には色とりどりのコーヒーカップが並んでいる。時間つぶしにスマートフォンを見ようとポケットに手を入れた。

しかしそこには何もない。どうやら仕事場に忘れてきたようだ。混んでいるせいか、注文した料理はなかなか来ない。手持ち無沙汰《ぶさた》にしていると隣のテーブルの会話が耳に入ってきた。そこには若い女性の二人連れがいて、退職する同僚にどんな餞別《せんべつ》を贈るかで揉《も》めていた。

「そんなの花束で決まりじゃない」花柄のスカーフを首に巻いた、メイクの濃い女性がスマートフォンを見ながら面倒くさそうに言った。

「花束を渡すのは当然じゃない。私が言いたいのは、それ以外にも何かを贈ろうっていうことよ」ショートカットの女性がムッとしたように言い返す。

「でも同期とはいえ、私、彼女とはそんなに親しくしてないし」

「それは私だっておんなじよ。でも何もしないわけにはいかないじゃない。あの二人は彼女を妬んでいる、そんな噂を立てられるかもしれないし」

「そんなの放っておけばいいじゃない」花柄スカーフが、背もたれに体を預けて足を組み替える。

「あんたがよくても私は嫌なの。協力する気がないならそれでもいいわ。私一人で贈るから」ショートカットは不満そうに口を尖《とが》らせた。

「ちょっと待ってよ。贈らないとは言ってないわよ。いいわ。協力するわよ。それで何を贈るつもりでいるわけよ」

「だからそれを一緒に考えてほしいって言ってるの」

ショートカットが怒ったように言うと、花柄スカーフはあきらめたようにスマートフォンをテーブルに置いた。「わかったわよ。そうね――ブランド物の文房具なんかどうかしら。実用的だし、お洒落《しゃれ》で個性的なデザインの物ならプレゼントには最適だと思うけど」

「でも仕事を辞めて家庭に入る人に文房具を贈るのは変じゃない」

「じゃあ、可愛いマグカップとか食器とかは」

「無難だけど、ありきたりかな。なんだか結婚式の引き出物みたいだし」

まだまだ話は続きそうだった。盗み聞きするのも悪いと思い、爽太は気をそらすつもりで周囲を見回した。

斜め向かいのテーブルの客に目が留まった。長い髪をゴムで束ねて、黒縁のスクエアな眼鏡をかけた二十代後半くらいの女性が本を読んでいる。真っすぐな鼻筋と意志の強そうな太い眉をしているのが印象的な風貌だ。黒いニットのセーターにゆったりした辛子色のパンツという服装で、真剣に文字を追っている横顔になんとなく目を奪われた。

見るともなしに見ていると、ふいにその女性が顔をあげて目が合った。爽太は視線をそらして俯《うつむ》いた。そこにタイミングよく注文したナポリタンが運ばれてきた。爽太はほっとしてフォークを取りあげた。ケチャップの匂いが食欲をそそる。フォークに麺を巻きつけ口に入れると、ほのかな酸味を含んだ甘さが口一杯に広がった。もちもちした麺にケチャップがよくからみ、嚙《か》むほどに玉ねぎやピーマン、ベーコン、マッシュルームの旨味が滲《にじ》み出し、ケチャップの味を引き立てる。朝から何も食べてないこともあり、がつがつと一気に食べ終えた。味はもちろんボリュームも十分だ。仕事場の近くにこんな店があるとは知らなかった。ナプキンで口を拭いながら、これからもちょくちょく来てみようかな、と考えた。その間も隣の会話は続いていた。

「――スイーツはどう？　普段買わないような高級チョコレートを贈るとか」

「彼女、たしか甘い物が好きじゃないはずよ」

「じゃあ、お酒とかコーヒーは？」

「ダメよ。お腹に赤ちゃんがいるんだもの。アルコールやカフェインはＮＧよ」

「ああ、もう面倒だな。いっそのことカタログギフトにでもしたらどうかしら」花柄スカーフが投げやりな意見を口にする。「もう私には無理。今度はあんたの意見を言いなさいよ」

「私の意見を言うならハーブティーとかはどうかしら。カフェインが含まれていないから母胎に影響はないはずよ」

「ハーブティー？」花柄スカーフが顔をしかめる。「私の意見にあれだけダメ出ししておいて、それで自分の意見がハーブティー？　やめてよ。それだって十分にありきたりじゃない」

「そうだけど、他にいいアイデアもないし、このへんで手を打つのが無難じゃないかしら」

「あんた、最初からそれにしようと思って、私の意見に片っ端からダメ出ししたわけね」

「そんなことないわよ。いい意見があればそれにしようと思ってたわ」

そう言いながらショートカットはスマートフォンを取り出した。

「ミント、カモミール、レモングラス――どう？　このあたりならお洒落な響きがあるじゃない」

「やめてよ。ハーブティーがお洒落だなんて、いまどき田舎の女子高生だって言わないわよ」

「じゃあ、これはどう？　ほら、これを見て――」

ショートカットがスマートフォンの画面をかざす。

「ちょっと面白い名前のハーブじゃない。その由来も面白いわよ。ヨーロッパでは〈聖ヨハネの草〉と呼ばれて、古くから万能薬として崇拝されていたんですって。効果が一番高まるのは夏至の前夜で、その日に摘んだものは特別な魔力を持って、一年間病気や死の恐怖から解放されるという伝承があるらしいわよ。女性は一年以内の結婚や出産が叶えられるとかで、当時は年頃の娘が必死になって探しまわっていたそうよ」

スマートフォンを見ていた花柄スカーフが口をへの字にして頷《うなず》いた。「まあ、これならいいかしら。……でも、これだと話が逆じゃない。そんな効き目があるのなら彼女じゃなくて、私たちこそそのハーブティーを飲むべきじゃない」

「言われてみたら、たしかにそうね」

そこで二人は顔を見合わせると、楽しそうにケラケラと笑った。

「三人分頼んで、私たちも飲んでみる?」花柄スカーフが笑いながら言う。

「それもいいかもしれないわね。このハーブ、別名をハッピーハーブとかサンシャインハーブというんですって。幸福感を感じさせるセロトニンの分泌を促す作用があるみたい」とショートカットが言葉を返す。

「飲めば幸せになれるのね。いいじゃない。もうそれに決めましょうよ」

「じゃあ、この通販サイトで注文するわよ。プレゼント用の包装もしてくれるみたいだから、どれがいいか選んでよ」

二人は一緒にスマートフォンをのぞき込んでいる。話がまとまったようで他人事ながらほっとした。ハーブティーに興味はなかったが、今の話を聞いて興味をひかれた。聖ヨハネの草なんて、昔話に出て来る魔女が使いそうな薬草だ。正式な名称は何というのだろう。まさかこの二人に訊《き》くわけにもいかないし、ホテルに戻ってスマートフォンで調べてみようかな。

そんなことを考えながら食後のコーヒーを待っていると、隣から「何ですか、あなた」という声がした。そちらを見ると黒縁眼鏡をかけた女性が隣のテーブルの横に立っている。斜め向かいの席にいた女性だった。

「もう一度言います。さしでがましいとは思いますが、やめた方がいいと思います」

と冷静な口調で二人連れに声をかけている。

「――あなた、誰ですか。他人の話に口出しするなんて失礼じゃないですか」

ショートカットが眉間に皺《しわ》を作って硬い声を出す。

「はい。たしかに失礼とは思いました。でも仕事柄、放っておけないこともあるんです」と黒縁眼鏡はひるむことなく言葉を返す。

「放っておけないことって何ですか」今度は花柄スカーフが声をあげる。

「プレゼントに選んだそのハーブティー、セントジョーンズワートですよね」

ショートカットと花柄スカーフはぎょっとしたように顔を見合わせた。爽太も少し驚いた。名前は口にしてはいなかった。

「聖ヨハネの草と聞いてわかりました。たしかにセントジョーンズワートには軽度から中度のうつ病の治療に効果があり、リラックス作用があることから健康食品やサプリメントによく使われています。しかし成分に子宮を収縮させる作用があるため、妊婦は摂取を控えるべきとされているんです」

「えっ、嘘《うそ》――!」

ショートカットは液晶画面をタップしながら、「そんなこと、どこにも書いてないわよ」と言ってから、「あっ」と短く声をあげた。

「妊娠中はご注意くださいって、最後の方に書いてある。何よ。こんな後ろの方に、こんな小さな文字で書くことないじゃない!」

「見せて」と花柄スカーフがスマートフォンをのぞき込む。「本当だ。でもこんな書き方じゃわからないわよね」

「ねえ、もし私たちがこれを贈って、お腹の赤ちゃんに何かあったら、私たちが悪かったことになるの？」

「そうなるわね。でも彼女が気づいて飲むのをやめたかもしれないわよ」

「それだって私たちが悪者になるじゃない。無知な女だと思われるならまだいいけど、同期の妊娠と結婚を妬んで、流産させようとした悪意の塊みたいに思われるかも」

「やだ。そんなのってありえない！」

二人は顔を見合わせて、ぶるりと肩を震わせた。

「早めに気づいてよかったわ」

「本当、知らずに贈っていたら、どんなことになったか」

二人は、ほっと息をついてから、「――あの、教えてくれてありがとうございます」と首を縮めて横を向いた。しかしそこに黒縁眼鏡の女性はいなかった。二人がスマートフォンを見ている間、会計を済ませて店を出ていったのだ。二人はポカンとした顔で、あたりをきょろきょろと見まわした。

「いなくなっちゃった」

「お礼を言おうと思ったのに残念ね」

「仕事柄とか言っていたけど、もしかしてハーブ関係のお店の人かしら」

「そうかもね。もしまた会えたらお礼を言わなくちゃ」

「でも、贈り物はどうしよう」

「それはまた今度にしましょうよ。私たちもそろそろ行かないと」

「やだっ、もうこんな時間。遅れたらまた課長に嫌味を言われちゃう」

二人はバタバタと会計を済ませて店を出て行った。

残された爽太は、狐《きつね》につままれたような気分で今の出来事を振り返る。

どうやら妊娠した女性が飲んではいけないハーブティーがあるらしい。あの二人がそれを知らずに贈ろうとしたために、たまたま隣に居合わせた黒縁眼鏡の女性がそれを注意したということらしかった。

運ばれてきたコーヒーを飲みながら、あの黒縁眼鏡の女性は何者なのだろう、と爽太は考えた。ハーブ関係のお店の人かしら、とあの二人は言っていたが、雰囲気的に違うようにも思われた。それでもこの近くで働いている女性であることは間違いないだろう。

それならばまたこの店に来れば会えるだろうか。

これからもちょくちょくこの店に足を運んでみようかな、と爽太はそんなことを考えながらコーヒーを飲み干した。

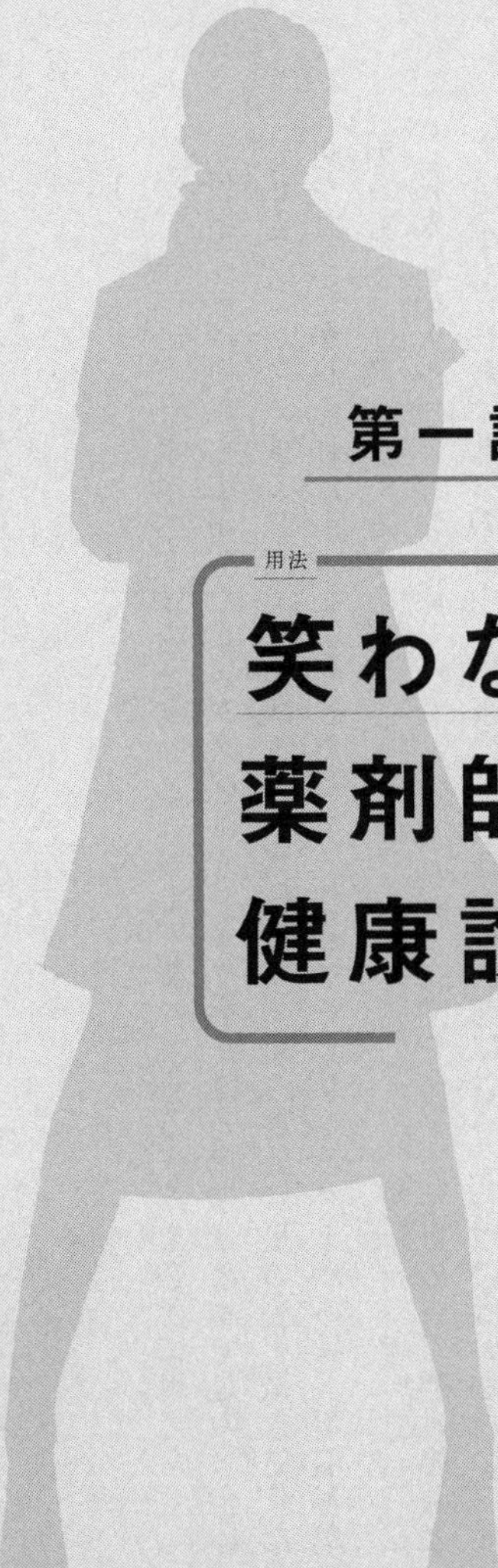

## 第一話

用法

# 笑わない薬剤師の健康診断

年　月　日

# 1

か、痒《かゆ》い——。水尾爽太は歯を食いしばって、襲ってくる痒みを必死に耐えた。親指の付け根から広がったムズムズ感は、いまや耐え難い痒みとなって足の裏全体に広がっている。すぐにでも靴と靴下を脱ぎ捨てて、思う存分に足の裏を掻《か》き毟《むし》りたかった。しかしそれは出来ない相談だった。到着するエレベーターからは、宿泊客が引きも切らず降りてくるからだ。

爽太はホテルのフロント係だった。二十五歳。大学を出て三年目のまだ駆け出しとも言える存在だ。仕事の最中、痒みに苦しむ顔を人前にさらすわけにはいかない。痒みに身をよじりながら、笑顔を作ってチェックアウトの応対をした。接客に集中している間は痒みを忘れるが、途切れて、ほっとした瞬間、それは二倍三倍になってぶり返す。爽太はフロントに立ったまま、足をもじもじさせながら、買い替えたばかりの革靴の中で、十本の指を必死に動かした。

梅雨が終わる頃に患った水虫は、市販の水虫薬はもちろん、病院で処方された薬を塗っても良くならなかった。水虫の原因は白癬菌《はくせんきん》というカビである。用法用量を守って薬を患部にしっかり塗ること。そして足を清潔に保つこと。それが完治への第一歩だと調剤薬局の薬剤師に教えられた。だから仕事用の革靴も買い替えたし、シャワーも朝と夜に浴びている。それなのに痒みは一向に治まろうとはしなかった。

時刻は午前十一時になるところ。夜勤の終わりまではあと一時間。早く進め、と壁にかかった時計の針をにらむが、もちろんそんなことで気がまぎれることはない。無意識のうちに、足をもぞもぞさせていたようで、隣にいた先輩の馬場《ばば》さんが声をかけてきた。

「なんだよ。さっきから足をくねくねさせちゃって。トイレでも我慢しているのか。それなら早く行ってこいよ。ここは俺が見ていてやるからさ」

爽太はムッとしながら、「大丈夫です」と返事をした。

馬場さんは御年五十五歳、日本全国の様々なホテルを渡り歩いてきたベテランのフロントマンだった。仕事は出来るし、客受けもいいが、バツ二でお調子者、酒とギャンブルに目がない御仁だ。その馬場さんが、年季の入った水虫の持ち主なのだ。こいつとは二十年来の腐れ縁だ、とぼやきながら、休憩中は裸足《はだし》になって、薬を塗りながら団扇《うちわ》であおいで乾かすのが日課となっている。さすがに客前ですることはないが、バックヤードでは人目を気にすることもない。

「もう、馬場さん、ここで裸足になるのはやめてくださいよ。見ているだけでこっちも足が痒くなってきます」

若い女性社員に怒られても、「いやあ、乾燥させないと悪化しちゃうからさ」とまるで悪びれることがない。

最近は、半ば苦々しくも、羨ましい気持ちでその様子を爽太は見ている。インターネットで調べたところ、白癬菌は何より高温多湿を好むと知ったからだ。乾燥させることが完治の条件となるらしい。しかし女性社員の反応を見れば、さすがに真似することは出来なかった。さらに忌々しいのは、爽太の水虫が馬場さんから伝染《うつ》されたとしか思えないことだ。

爽太は千葉県浦安《うらやす》のマンションで、両親、妹と暮らしている。しかし家族に水虫を患っている人間はいない。職場で他にそれらしい人間もいない以上、馬場さんから伝染されたと考えるのが妥当だった。

あれは足が痒くなりはじめる半月ほど前のことだった。仕事帰りに馬場さんに飲みに誘われた。そこは座敷席しかない居酒屋で、帰り際、酔っぱらった馬場さんが間違えて爽太の靴を履いて帰りかけた。すぐに気づいて呼びとめたが、足の裏が痒くなったのは、それからしばらくしてのことだった。ドラッグストアで水虫薬を購入して塗ったが効き目はなかった。それでホテルの近くのクリニックに行った。塗り薬を処方してもらい、調剤薬局の薬剤師に言われた通りに塗布したが痒みはなかなか治まらなかった。

それどころか最近では前にも増してひどくなっている。足の裏に広がる痒みに耐えながら、とんだ貧乏くじを引かされたと爽太は歯嚙みした。

馬場さんの人柄は嫌いではないし、一緒に仕事をして勉強になることは多い。これで人並みの衛生観念さえあれば、きっと素晴らしい先輩であったろうに、と爽太はこっそりため息をついた。

また痒みの波が来た。爽太は足をもぞもぞさせながら、目をつぶって、奥歯を嚙みしめた。知らないうちに体がゆらゆら揺れはじめる。

「なんだ。大きい方か。我慢すると体に悪いぞ。早くトイレに行ってこいよ」馬場さんが耳元で囁《ささや》いた。

「違いますって」と言いかけて、そこではっと気がついた。

「すみません。じゃあ、ちょっと行ってきます」

フロントから出ると、バックヤードから私物を入れたバッグを取り上げ、従業員用のトイレに駆け込んだ。素早く個室のドアを閉めると、もどかしい思いで靴と靴下を脱ぎ捨てる。タオルで足の裏を拭いてから、薬のチューブの蓋を取り、指にとったクリームを患部に塗りつけた。ひやりとした感触が心地よい。しかしチューブに薬はあまり残っていなかった。両足の患部に塗りつける前にぺしゃんこになって、指先で押し出そうとしても出てこない。

たしか新しいチューブがもう一本あったはず。バッグからそれを取り出そうとして手が滑った。新しいチューブは便器の中にぽちゃんと沈んで、すぐに浮いて来た。個室を飛び出し、用具入れにあった掃除用のトングで拾った。まだ開封する前とはいえ、便器に落ちた薬を使う気にはなれない。これが最後の一本だったのに。薬がないと思うと、さらに痒みが増してくる。仕方ない。またクリニックに行くしかないようだ。時計を見るとあと二十分ほどで正午になるところ。時間になったらすぐにあがろうと爽太は決めた。

## 2

「水尾さんね。それでその後はどんな具合かな」

背もたれのついた大きな椅子に背中を預けたまま、金縁の眼鏡をかけて、口ひげを生やした五十歳くらいの医師が言った。ホテルから歩いて十分ほどの場所にある是沢《これさわ》クリニックの院長だ。

「薬を塗ってもあまり効果がないようで。痒みがなかなか治まりません」

「薬が効かない？　ちゃんと言われた通りに塗っているのかね」院長はパソコンを見ながら、疑うような声を出す。

「はい、一応」

「一応じゃダメだよ。薬剤師の指示通りにちゃんと塗らないと」

治らないのは薬の塗り方が悪いとばかりの言い方だった。

「じゃあ、足を見せて」

院長は爽太の方を向く。仏頂面で、容易に話しかけられる雰囲気ではない。爽太は丸椅子に座ったまま、言われた通りに靴と靴下を脱いだ。

「……ふん。前より赤くなっているかな」

ちらりと見てから、「もういいよ」と椅子を回してパソコンに向き直る。

「同じ薬をもう一度出すから、今度はきちんと塗るように。それでも治らなかったらまた来なさい。そのときはもっと強い薬に替えるから」

爽太の顔も見ずに院長は言った。どうやら診察は終わりらしい。

「あの、薬の塗り方ですけど、どこが悪かったんでしょうか。朝昼晩と言われた通りに塗ったつもりなんですが」

爽太の質問に、院長は面倒そうに首を巡らした。

「そんなことは薬局で聞きなさい。そのために薬剤師がいるんだから。餅は餅屋って言うだろう。薬は医師の管轄じゃないんだよ。医薬分業って言ってね、厚労省がそう決めたんだ。だからその質問は僕が答えることじゃない」

質問するなら薬剤師、と院長は面倒そうに言い捨てる。物を知らない若造を鼻で笑うような言い方だった。

「わかりました。ありがとうございます」

ムッとする気持ちを抑えて頭を下げる。前回もそうだが、どうにも横柄な態度だった。よくこれでやっていけるよな、と爽太は思う。ホテルやレストランといった接客業の人間があんな態度を取ったら、すぐにクレームの嵐が吹き荒れることになる。

もっともそのせいなのか、待合室に人はあまりいなかった。杖《つえ》をついた老人が一人と、身なりのいい中年女性が一人いるだけだ。それでもつい足を運んでしまうのは、この是沢クリニックが内科、心療内科、小児科、皮膚科といくつもの診療科目を掲げているからだ。どんな症状であっても、とりあえずここに来ればなんとかなるような気がする。さらに仕事柄ということもある。こういうクリニックが近くにあると便利なのだ。具合の悪くなった宿泊客が出たとき、子供であれ、大人であれ、よほど重篤な症状でない限りは、とりあえずここを紹介すればことは済む。

待合室に座っていると次第に眠気が催されてくる。うとうとしかけて、それと同時に足の裏がまた痒くなりだした。早く薬を塗りたいところだが、そのためには処方箋をもらって、それを調剤薬局に持って行かなくてはならない。これが医薬分業ということか。

「――さん」

うとうとしかけていると、受付の女性の声がした。一瞬、自分かと思ったが、中年女性が席を立ったので違うとわかった。女性は財布を出して、一万円札を二枚、カウンターの上に置いた。健康保険があるはずなのに、あんなにお金を払うのか。自分の財布には一万円しか入っていない。不安になって、初診のときのことを思い出す。たしか数千円で済んだはず。今回だって処方箋をもらうだけだし、一万円以上かかることはないはずだ。

ドキドキしながら待っていると、ようやく爽太の名前が呼ばれた。当然ながら前回よりも安い額だった。とりあえずほっとしたが、あれだけの診察で金を取られること自体、法外なことにも思えてくる。

釈然としない気持ちになりながらも会計を済ませてクリニックを出た。

入れ違いに太鼓腹が突き出た背広姿の男性が入っていく。たぶん近くの会社に勤めているのだろう。昼食を終えた後なのか、爪楊枝をくわえたまま、そそくさとクリニックの中に消えていく。患者が少ないことを見越して来る人もいるということか。院長がどれだけ横柄で不愛想であっても、待ち時間が短いことがメリットになることもあるわけだ。

エレベーターで一階に降りると、エントランスでビルの名前に目が留まった。是沢ビルと書いてある。ああ、そういうことか、と爽太は納得した。患者が少なくても横柄でいられる理由がわかった。診察料を補って余りある家賃収入があるのだろう。

爽太は肩をすくめて外に出た。九月の半ば。初秋の爽やかな風が心地よい。近くに調剤薬局は二軒ある。一軒はクリニックのそばだが方向が駅とは反対だった。もう一軒は少し歩いた先にある。あの風花のはす向かいだ。前回はそちらに行って、薬をもらった後で風花に寄ったのだ。今回も同じルートで、薬をもらった後でナポリタンを食べよう。

爽太はすぐに歩き出した。ビルの立ち並ぶ通りから、石畳が敷かれた路地に入った。ジグザグに折れ曲がる路地をしばらく歩くと坂道に出る。その下った先に目的の調剤薬局はあった。〈どうめき薬局・どちらの処方箋でも受け付けます〉と書かれた看板が入口の横に置いてある。

中に入ると、受付の女性に処方箋と保険証を渡して、番号札をもらった。椅子に座り、壁に掲げてある薬剤師の名前をちらっと見る。あるのはすべて女性の名前だ。調剤薬局で薬を処方してもらうのが嫌なのは、足を運ぶのが面倒だという理由の他に、薬剤師のほとんどが女性だからということもある。たとえ薬剤師とはいえ、水虫だということを女性に知られるのは恥ずかしい。

前回、薬を渡してくれたのは四十歳前後に見える薬剤師だった。女性だが年上ということで我慢は出来た。今日、同じ人はいるだろうか。カウンターの中を見たが、それらしい姿は見当たらない。いるのは別の二人の薬剤師だった。二人とも女性で若そうだ。自意識過剰だとは思うが、なんとなく憂鬱な気分になってくる。

落ち着かない気持ちで、二人の女性薬剤師の様子を盗み見る。それぞれ白いマスクをしているために、はっきりした顔立ちはわからない。一人は眼鏡をかけた暗い感じの女性だった。長い髪を黒いゴムで無造作に結び、額にしわを作って、手元のタブレットをにらんでいる。

もう一人は、背格好は同じだが、年齢は少し若くて、ウェーブのかかったゆるふわのセミロングをバレッタでまとめた女性だった。目がくっきりと大きく見えるのは、化粧をしっかりしているせいだろう。顔立ちも可愛らしく、どこか小動物めいた雰囲気がある。老人に薬の説明をするのに、身振り手振りをまじえて一生懸命なところも好感がもてる。

他の場所で接客を受けるとして、どちらを選ぶかと言われたら、即座にゆるふわセミロングを選ぶだろう。しかしこの場に限ってはその答えは逆になる。この場限りであっても、向こうはこちらのことなど気にかけてはいなくても、とにかく恥ずかしいものは恥ずかしいのだ。

しばらくして爽太の番号が呼ばれた。願いが通じたのか、カウンターには眼鏡の地味な女性が立っている。ほっとして爽太は立ちあがる。

「水尾爽太さんですね」

訊かれて、はい、と返事をした。何気なく薬剤師の胸元に目をやって、ぎょっとした。白衣を押し上げる胸のふくらみが思った以上にあったから——ではなく名札に毒《ぶす》島《じま》と書かれていたからだ。どくじま、いや、ぶすじま、か。でも薬剤師なのに毒島って。驚くと同時に、ふと何か気の利いたことを言いたくなった。

——珍しいご苗字ですね。ところでこの薬は大丈夫ですか。まさか毒が入っているなんてことはないですよね。

しかしすぐに思いとどまった。冷静に考えてみれば、そんな台詞《せりふ》はまるで気が利いていない。彼女からすれば、そんなジョークは、きっと耳にタコが出来るほど聞かされていることだろう。

「こちらが処方箋のお薬です」

眼鏡の薬剤師——毒島さんが薬袋からチューブを取り出してカウンターに置いた。ラベルにはアスサットと書いてある。たしかに前回もこれだった。

「はい。間違いないです」

「症状はいかがですか。改善されていますか」

どこかで聞いた覚えのある声だ。爽太は顔をあげて毒島さんを見た。口元を覆った白いマスクのせいではっきりした顔立ちはわからない。しかしスクエアな黒縁眼鏡と眉の太さで気がついた。前に風花で見かけた女性だ。

そうか。薬剤師だったのか。薬をもらったらすぐに帰るつもりでいたが、そうとわかれば話は別だ。風花でのことを訊いてみたいと思ったが、いきなりその話を持ち出すのも唐突だろう。そのとき是沢院長の言葉が頭に浮かんだ。餅は餅屋、薬のことは薬剤師に訊けばいい。

「――実はあまり症状が改善されなくて。先生に言ったら、薬の塗り方が悪い、薬剤師に塗り方を訊きなさい、と言われたんですが」

とりあえず薬の話をきっかけにした。

「前回、塗り方を説明しませんでしたか」毒島さんは手元のパソコンに目を落とした。「方波見《かたばみ》が担当してますね」

たしかにそんな名前の人だった。丁寧に説明してもらった。爽太は頷いて、

「説明は聞きました。説明してもらって、その通りにしたつもりです。でもよくならなくて……。もしかしたら聞き間違えたのかもしれません。出来たらもう一度説明してもらえますか」と言葉を続けた。

「わかりました。どういう風に塗りましたか」

爽太は教えられた塗り方を説明した。

「間違ってはいませんね」毒島さんはあっさり言った。「塗り忘れたことはありますか」

「仕事が不規則なので、二度か三度、塗り忘れたことはありますが」

「ご自身の判断で薬の量を変えたり、途中で塗るのをやめたことは？」

「いえ。それはありません」

「前回出たのは一か月分ですね。手元に残っている薬はありますか」

「えーと、チューブ一本余りました。アクシデントがあって、使えなくなって、それで今回もらいに来たわけです」

余ったということは、塗る量が少なかったということか。爽太が質問すると、その可能性はありますが、でもそれが原因だとも言い切れないですね、と毒島さんは言った。

「症状ですが、よくなったり、悪くなったりを繰り返すという感じですか。あるいはよくも悪くもならずに小康状態が続いているとか」

「後の方ですね。最初は薬を塗って、よくなったような気もしたんですが、実際はあまり改善されてないようで、最近になってまた痒みがひどくなっているような気がします」

「なるほど。そういうことですか」

毒島さんはパソコンの画面を見たまま、何かを考え込んでいる。

「立ち入ったことをお訊きしますが、是沢先生は症状に対して、どんな診断を下されましたか」

　爽太は戸惑った。薬を処方しているのだから、病名くらいわかりそうなものだけど。

「……水虫です」

　恥ずかしいという気持ちはおきなかった。たぶん毒島さんが真剣な顔をしていたからだろう。爽太は病院にかかるまでの経緯をかいつまんで説明した。話が終わると毒島さんは眉間に皺をよせた。

「もうひとつお訊きしたいのですが、最初の診察のとき、顕微鏡検査はしましたか」

「顕微鏡検査ってなんですか」意味がわからず爽太は訊いた。

「ピンセットを使い、患部の皮膚、角質、爪の一部を採取して、薬液を使って菌を抽出する検査です。顕微鏡で見て、そこに白癬菌を確認できれば白癬感染症——足白癬という診断がくだされます」

「足白癬——？」

「水虫の正式な診断名です」

「いえ、そんな検査はしてないですが」

　是沢クリニックの院長は患部を見ただけで、ああ、水虫ね、と言ったのだ。

　いや、正確に言えば、最初に水虫と言ったのは自分だった。どうしました、と訊かれたので、水虫だと思うんですが市販薬を塗っても治らないので診てもらいに来ました、と答えると、院長はちらりと患部を見ただけで、じゃあ、薬を出すから、と頷いたのだ。

市販薬を塗ったら痒みが増したような気がするんですが、と言ったところ、素人判断で勝手に薬を塗るからそんなことになる、処方薬を出すからもう市販薬は塗るな、と怒られたこともついでに話す。毒島さんは頷くと、

「足白癬に似た症状の皮膚病はいくつかあります。本当に足白癬かどうかは皮膚の一部を顕微鏡で見て、白癬菌がいるかどうかを確認しないとわかりません」と重々しく言った。

「是沢クリニックの院長先生は見ただけで水虫だと言いましたけど」

「長年、経験を積んだ医師なら、患部を見ただけである程度の判断はできるかもしれません。でもそんな先生であっても、しっかりと診断を下すには、必ず顕微鏡検査をすると思います。実際に、患部を見て足白癬と思われても、検査をしたら白癬菌は見当たらなかったというケースもあるようですから」

毒島さんの話を聞いても、爽太はすぐには信じられなかった。そこで水虫だと思った原因――馬場さんの靴の取り違えの件を爽太は口にした。すると毒島さんはあっさりとかぶりを振った。

「白癬菌はその程度では伝染らないと思います。空気感染はもちろんですが、患部に

接してもすぐに感染することはないはずです。感染部位から剝がれ落ちた皮膚に潜んでいる白癬菌に触れることが、主な感染の原因になるはずですから」

「でも、水虫じゃないとしたら、この痒みの原因は何ですか」

「私は医師ではないので、はっきりしたことはわかりませんが」と前置きをしてから、

「最初に痒みが出たのはいつ頃ですか」と毒島さんは言った。

「梅雨の終わりです。足の裏や指の間に痒みが出て、放っておいたらどんどんひどくなって」

「最初に塗布した市販薬の名前を覚えていますか」

思い出そうとしたが出てこない。すると毒島さんはタブレットを取り出して、水虫の市販薬の画像を呼びだした。

「そのＯＴＣ薬、一般薬のことですが、それはここにありますか」

「えーと……これです」

爽太が指さす薬を見て、毒島さんは小さく頷いた。

「この薬は痒みを抑える効果に加えて、殺虫効果もあるため、足白癬の治療にはよく使われます。しかし他の症状、たとえば接触性皮膚炎などの場合、症状が改善しないばかりか、さらにひどくなることもあるようです」

説明を聞きながら、水虫じゃないって、じゃあ、是沢クリニックの院長の診断はな

んだったんだよ、と爽太は思った。あの金縁眼鏡の口ひげ親父、偉そうな態度を取っていたくせに、とんだヤブ医者だったというわけか。

「接触性皮膚炎の原因は、何らかの外的刺激が肌に接触することで起こります。植物や昆虫の毒などによる刺激の他、アレルギー反応による炎症も含まれます。そういったことに心当たりはありますか」

そう言われても思い当たることはない。自宅はマンションで庭はないし、観葉植物の類いも置いてない。仕事で植物や昆虫に触れる機会もないし、ひどいアレルギー体質というわけでもない。

「別にないです――」と言いかけて、ふと思い出したことがある。特売で通気性のいい靴下を安売りしていたとかで、母親が大量に買ってきたことがあったのだ。それが梅雨の頃だった。これから暑くなるし、使いなさいよ、と渡された。外国製で、十足千円で売っていたそうだ。言われてみれば痒くなり出したのは、あの靴下を履いた頃からだ。馬場さんのことがあり、ここまでそれを痒みとつなげて考えたことはなかった。その話をすると、毒島さんは頷いた。

「それが原因の可能性はありますね。外国製の粗悪品には、化学薬品が付着している物もあるようですから」

化学薬品のアレルギーを起こしたのに、原因を水虫と思い込み、素人判断で塗った市販薬がそれを悪化させたということか。

「水虫の薬を塗っても治らないのはそのせいですか。じゃあ、アレルギーに効く薬をください」爽太は言ったが、毒島さんはあっさりとかぶりを振った。

「今の話はあくまでも可能性の話であって、そうと決まったわけではありません。いま水尾さんがするべきは、再度、クリニックを訪れて、顕微鏡検査を行うことだと思います」

顕微鏡検査と聞いてうんざりした。ようやく帰れると思ったのに、またクリニックに行かなくてはいけないということか。

「本来の筋からすれば、もう一度是沢クリニックに行き、事情を話して顕微鏡検査をしてもらうべきですが——」

毒島さんの言葉に爽太は思わず、げっ、と口にした。いくらなんでもあの院長に検査をしてもらいたいとは思わない。爽太の反応で心情を察したのか、「それなら他の病院に行くことをお勧めします。駅の向こうに皮膚科があります。足立《あだち》皮膚科というところです。そちらで診てもらうのはいかがですか」と毒島さんは言った。

そこは爽太が候補から消した女医が院長の皮膚科だった。なんだ。結局、最初の選択に戻るのか。面倒臭いという気持ちに襲われる。

「……とりあえず今日はこの薬をもらって、そこに行くのはまた後日でいいですか」

他人事のような台詞が口をつく。すると毒島さんは眉根を寄せて、厳しい顔をした。

「これは先送りして、どうにかなることではありません。ご自身の健康のことですし、もっと真剣に考えた方がいいと思います」

「ダメですか」

「私が決めることではありません。ご自身で判断してお決めください」

ご自身で、と言いながら、毒島さんの目は、答えはひとつしかないと言っていた。

「その皮膚科の先生は信頼できる人ですか」仕方なくそう訊いてみる。

「親切で腕がいいと評判です」

毒島さんはあくまでも冷静だった。ここまで感情の動きがまるで見られない。その態度に、ちょっとだけ反発心が湧いた。

「ということは、是沢クリニックの院長は親切でなく、腕も悪いということですね」

皮肉まじりに言ってみる。しかし毒島さんは動じることなく、

「是沢院長が、医師として腕がいいかどうかを論評する立場に私はいません。ただ薬剤師として、この薬を一か月塗り続けて患部がよくならないのなら、その診断に疑義を抱く必要があるだろうとは思います。だから専門医にかかった方がいいと言ったのです」

「専門医って、是沢院長は皮膚科の先生でもありますよね」

是沢クリニックの看板には内科、心療内科、小児科、皮膚科と書いてあった。すると毒島さんは鼻の付け根にしわを寄せて、「標榜科目というのをご存知ですか」と言った。

医師は開業にあたって、専門分野や経験年数に関係なく、好きな診療科目を自由に掲げていいそうだ。よって患者を集めたい医師ほど、多くの科目を看板に掲げることになる。

「一般的な医師の常として、自分の専門、得意な科目ほど先に掲げる傾向があるようです。その線で行くと、是沢院長の得意とするのは内科です。あのクリニックも、昔は、それぞれの科の先生が外からいらしていたと聞いています。でも最近はそれがなくなり、院長が一人で全部を診ているとか。一人で様々な症状の患者さんを診るのは大変なことだと思います。そういう事情もあって、色々と行き届かない面があるという評判は耳にしています」

なるほど。そういうことだったのか。きっと外から医者が来なくなったのは、あの院長の性格や人間性に原因があるのに違いない。爽太は納得したが、それでも問題は何ひとつとして解決していないことにも気がついた。やはり専門医に行くしかないようだ。女医ということが恥ずかしいが、この期に及んでそんなことを言ってはいられない。いや、待てよ。そもそも水虫でないなら、恥ずかしいと思う必要もないわけか。

「わかりました。行ってみます。でも、この薬はどうすれば」

「キャンセルします。処方箋はお返ししますから」

毒島さんは塗り薬のチューブを手元にさげて、代わりに爽太が持ってきた処方箋を差し出した。「ちなみにですが、是沢クリニックに持って行って、この処方箋を取り消してもらえば、処方箋発行料が返金されますが」

「そうなんですか。でも面倒です。たいした金額じゃないし放っておこうかな。このままにしても問題はないんですよね」

「処方箋の期限は発行日も含めて四日間ですから、それを過ぎればただの紙切れです。でも水尾さん、まだ誤診と決まったわけではないですよ。もしかしたら是沢先生の診断が正しくて、私の推察が間違っているかもしれません」

毒島さんはあくまでも冷静に言う。

「わかりました。その足立皮膚科に行ってみます。色々ありがとうございます」

「お大事にどうぞ」毒島さんは表情を変えずに頭を下げる。

用事は終わったが、そのまま帰るのはもったいない。何か気の利いたことを言って気を引きたい。しかしうまい台詞は浮かばなかった。仕方なく、「ここだけの話ですが、是沢院長ってヤブなんですか」と声をひそめて質問した。

頭をあげた毒島さんは驚いたように爽太を見た。眼鏡のレンズの向こうで、大きな瞳が爽太の顔をまじまじと見る。その子供みたいな真っすぐな眼差しに、逆に爽太の方がどぎまぎした。

「すいません。なんでもありません」と言いかけた爽太の耳に、「大きな声では言えませんが、ヤブというよりモリだと思います」と毒島さんのひそめた声が聞こえてきた。

3

ヤブ医者より下手な医者には、土手医者や筍《たけのこ》医者、雀《すずめ》医者などがいるという。藪《やぶ》にもなれていないのが土手医者で、藪の下に生えているのが筍医者、藪を目指して飛んでいくのが雀医者というわけだ。

落語のネタとして爽太はそれを知っていた。父親が落語好きで、子供の頃によくテープをかけていたのを聞いていたからだ。しかしモリ医者という言葉は初めて聞いた。モリとは森のことだろう。藪が繁殖を続けた末に森になったというわけか。

薬の知識はともかく、毒島さんのジョークのセンスは今ひとつのようだった。

それでも毒島さんの言った通り、足立皮膚科の先生は親切で腕がよかった。爽太の申し出を受けて、すぐに顕微鏡検査をしてくれた。きびきびした動きで言葉遣いも丁寧だ。少し待つだけで結果が出た。やはり白癬菌は発見されなかった。つまり足白癬ではないということだ。結果を聞いた瞬間、複雑な気持ちになった。水虫ではなくてよかったという気持ちと同時に、それならあの診察は何だったんだと怒りが湧いた。

診断は、アレルギーによる接触性皮膚炎。ステロイド外用薬が処方された。隣に調剤薬局があったので、そこに処方箋を出して薬をもらった。外用副腎皮質ホルモン剤と表示のあるチューブを渡された。そこの薬剤師に言われた通りに薬を塗ると、翌日にはほとんど痒みが治まった。こんなことなら、最初から足立皮膚科に行けばよかったのだ。

三日もすると足の痒みは完全に治まった。ようやく普段の日常が戻ったが、そうなってみるとあらためて毒島さんのことが気になった。ヤブというよりモリです、と囁くように言った声が、ふとしたはずみに耳の中に蘇《よみがえ》る。

今さらながら、足立皮膚科でもらった処方箋をどうめき薬局に持って行けばよかったと後悔した。夜勤明けに加えて、クリニックを二軒はしごした疲れもあって、つい隣にあった調剤薬局に入ってしまったのだ。

あらためて毒島さんにお礼を言いたいと思ったが、気恥ずかしさが先に立ち、なかなか足が向かなかった。

その翌週のことだった。爽太は街中で見覚えのある女性を見かけた。夜勤明けで帰ろうとしているとき、偶然コーヒーショップに入っていく姿を見かけたのだ。誰だっけ、と目で追いかけて、そうだ、最初にどうめき薬局に行ったときに応対してくれた薬剤師の女性だと思い出した。名前はたしか方波見さんだ。爽太はとっさに同じ店に入った。さりげなく隣のテーブルに席を取る。当然ながら、向こうは自分に気づいていない。それとなく横目で様子を窺《うかが》いながら、「あの、すいません」と話しかけた。

「あの、失礼ですが、どうめき薬局の方ですよね」

方波見さんはびっくりしたように爽太の顔を見た。

「一か月ほど前に、そちらで薬をもらった者です。水――いや、足白癬の薬です。是沢クリニックの処方箋でしたけど――あの、僕のことは覚えてないですよね」

「ごめんなさい。一日に何十枚もの処方箋を扱うので」方波見さんは警戒した様子を隠そうとせずに頭を下げる。

「いいえ、それはいいんです。実はその後もあまりよくならず、十日くらい前にまた同じ薬の処方箋をもらったんです。それでまたそちらの薬局に行ったんですが、そのときに応対してくれたのが毒島さんという女性で、実はそのときに――」

爽太は、その後にあったことを手短に話した。方波見さんは硬い表情をしていたが、足立皮膚科で接触性皮膚炎という診断をもらい、ステロイド外用薬を塗って完治したという話をすると、ほっとしたように、「そうですか。それはよかったです」と笑顔を見せた。クレームを言われるのかと警戒していたようだ。

「それであらためて毒島さんにお礼を言いたいのですが、いつ行ってもお忙しそうで」

こんなことを訊くのは何ですが、薬局の余裕がある時間って何時頃でしょうか、と爽太は尋ねた。

「迷惑にならない時間に、あらためてお礼を言いに伺いたいのですが」

方波見さんは少し考え込んでから、「開店してすぐか、閉店間際なら割と空いてます。あとは木曜日か土曜日ですね。近くのクリニックがお休みなので、他の曜日よりは余裕がありますよ」と返事をくれた。

土曜日はホテルが混むので、仕事を抜けるのは爽太の方が無理だ。すると木曜日か。幸いなことに今日は水曜日で翌日は夜勤だった。

「わかりました。じゃあ、明日の九時頃に行ってみます」

怪しい者ではないと証明するつもりで、爽太は自分の名刺を差し出した。勤め先を見て、方波見さんの顔が少し緩んだ。「ホテル・ミネルヴァって、あの坂の上にある」

「そうです。フロントの仕事をしています」

「そうなんですか。……じゃあ、馬場さんってご存知ですか。そちらにいらっしゃると思うのですが」方波見さんの口から意外な名前が出た。

「はい。います。馬場をご存知なんですか」

「前に地域の防災活動の会合でご一緒したことがあります。話が上手で、面白い方ですよね。そうですか。馬場さんの同僚の方ですか」

それで安心したのか、方波見さんははじめて爽太の顔を正面から見た。

「そういうことなら協力してもいいですよ」どこか意味ありげな言い方をする。

「明日は私も一緒のシフトです。だから二人で話をする場所と時間を提供してもいいです。毒島はあの通り、愛想がまるでない娘《こ》ですが、真面目で、責任感が強くて、患者さんのことを何より第一に考えています。ただ薬以外のことには興味がなくて、テレビや映画も見なければ、ファッションやグルメにもあまり関心がないようです。もし水尾さんが彼女と親しくなりたいのであれば、なんでもいいからとにかく薬の話をすることをお勧めします」まるで見合いを仕切る仲人のような口ぶりだった。

「いや、そういうつもりじゃなく、ただお礼を言いたいだけですが」

下心を見透かされたような気になって、爽太は慌てて言い訳をした。すると方波見さんは困ったような顔をした。「なんだ。そうなんですか。でもそういうことなら、わざわざ来ていただかなくてもいいですよ。お礼は毒島に伝言すれば済むことですから」

そう言われると返す言葉がない。

「いえ、あの……明日、お伺いします」と俯きながら口にする。

「そうですか。よかったです」と方波見さんはにっこりと微笑《ほほえ》んだ。

「薬剤師の仕事って、患者さんに文句や無理難題を言われることは多くても、お礼を言われることは滅多にないんです。だから彼女にはたくさんお礼を言ってあげてくださいね。顔には出しませんが、きっと心の中では喜ぶだろうと思います」

方波見さんは時計を見ると、そろそろ時間なので、とトレイをもって立ちあがる。

「あの、ありがとうございます」爽太は立ちあがってお礼を言った。

「明日お待ちしています」と方波見さんは店を出て行った。

4

その夜、自宅に帰ると、「何か飲んでいる薬はある?」と爽太は母親に訊いた。

「なによ。藪から棒に」夕食の支度をしながら、母親は怪訝《けげん》な顔をする。

薬の話題を探そうと、帰り道にスマートフォンで検索をしたけれど、出てくる話は専門的過ぎて爽太にはとても理解できなかった。自分の経験を話題にしようと思ったが、風邪薬以外の薬を飲んだ記憶もない。生まれついての健康体で、こうなったら家族を頼るしかないと考えたのだ。

「父さんは前に薬を飲んでたよね。あれって、どんな薬だっけ」

「血圧の薬のこと? お酒を控えるようになってからは飲んでないわ」

「じゃあ、母さんはどうなのさ。前によく動悸や息切れがすると言ってたじゃない」

「あれは更年期のせいだったみたい。一過性だったから、今は元気になったわよ」

「親戚でもいいから、持病があったり、薬を飲み続けている人のことを教えてよ」

「そんなこと言われても、すぐに話せることはないわよ」

フライパンに火を入れているせいか、母は台所から出て来ようとはしない。仕方ない。半分だけ本当のことを打ち明けよう。

「実はさ、ホテルの近くにある調剤薬局の薬剤師と親しくなったんだ。それでせっかくだから、薬のことでわからないことがあれば聞いておこうと思って」

「へえ。その人って男、女？」

「女だよ」

「あら、そうなの。でもすぐにどうこうは――」言いかけた母が言葉を切った。「ああ、そういえば」

「そういえば、何？」爽太は身を乗り出した。

「あっ、ごめん。なんでもないわ」

「なんだよ、それ。なんでもいいから教えてよ」

母親はあらためて考え込んだ。「……そうねえ。義郎《よしろう》兄さんの具合が悪いということはあるけれど」

母は四人兄妹の三番目で、兄が二人と妹が一人いる。義郎兄さんは長兄で、バブルのときに資産を増やし、今は横浜で貸しビル業を営んでいるそうだった。

「義郎伯父《おじ》さんって、たしか一昨年再婚して、若い奥さんをもらったんだよね」

「そうなのよ。奥さんが亡くなって時間が経って、子供が独立したのをきっかけにね」

「具合が悪いって、どんな感じ？」

「去年、脳梗塞《のうこうそく》で倒れたの。血栓ができて、あわや半身不随になるところだったのよ。奇跡的に後遺症はなかったんだけど、でも夏のはじめくらいから、また体調が悪くなってたみたい。朝起きられないことがあるとか言ってたわ」

前に法事で会ったときのことを思い出す。母とは年が離れていて、もうすぐ七十に手が届こうかという年齢のはずだった。

「とにかく病院が嫌いで、よほどのことがない限り行こうとしないのよ。それでいてお酒が好きで、毎晩のように飲み歩いていたでしょう。そりゃあ、脳梗塞にもなるって話よね。さすがに倒れた後は控えているらしいけど。薬もきちんと飲んで、食事も毎日家で摂るようにしたと言ってたわ」

「でも薬を飲んでいるのに、体調が悪くなるって変だよね。診断が間違っているってとかはないの」自分の経験をもとに爽太は言ってみる。

「大学病院で診てもらっているから大丈夫よ。でも春先に電話で話したときは元気だったのよね。お嫁さんが体のことを心配して、毎食のように納豆と青汁が出てくるのがたまらないって笑っていたけど」

奥さんはまだ三十代で、過去に水商売をやっていた人らしい。再婚するときには財産目当てじゃないかということで、親族の間で一悶着《ひともんちゃく》あったという話も聞いている。

「でもこうなってみると、再婚していてよかったという気がするわ。食事の支度はもちろんだけど、病院の行き帰りも奥さんが毎回付き添ってくれているみたい。診察が終わったら近くの喫茶店で待っていて、その間に奥さんが薬をもらって来るとか言ってたわ」

病院で薬を出せばいいのに、どうしてわざわざ外の薬局に行かなくちゃいけないんだ、と義郎伯父さんが毎回文句を言うため、奥さんが代わりに行くようになったらしい。

その気持ちはよくわかる。たまにしか病院に行かない自分でも同じことを思うのだから、定期的に薬をもらいに行かなければいけない人にすればなおさらだろう。

「その薬の名前ってわかるかな」

「ちらっと聞いたけど覚えてないわ。ワーなんとかって薬だと思うけど」

「ワーなんとかね」

その後も質問を重ねたが、母親の返事はどんどん曖昧になっていく。爽太はその話を続けるのをあきらめた。もう一度インターネットで調べてネタを探すしかなさそうだ。

「そういえば颯子《さつこ》はまだ帰ってないのかな」大学三年の妹のことを訊いてみた。

「ゼミの飲み会ですって。遅くなるって言ってたわよ」

妹にネタになることがないかと訊こうと思ったが、そういうことなら仕方ない。父親も帰りが遅くなるというので、母親と二人で食事を済ませると、リビングのサイドボードにある薬箱をこっそり覗《のぞ》いた。しかし入っている薬といえば、総合感冒薬と解熱鎮痛剤、葛根湯《かっこんとう》くらいのものだった。これといった持病もなく、そこそこ健康な家族なのだった。

ならばと洗面所へ行ってみる。洗面台をあけると薬用スカルプトニックとリアッププラスが目に入った。父親の育毛剤だ。別の棚にはクレアラシルとプロアクティブが置いてある。妹が使っているニキビの薬だろう。医薬部外品と書かれた各種のクリームのチューブは母親の化粧品だった。名前を検索すると、しわ改善クリームにしみとりのクリームとわかった。うーん、話題にするには弱すぎる。

やはり薬の話は難しすぎる。それなら基本に戻って化学の話はどうだろう。高校のときに、元素記号をアニメ風のキャラに擬人化した本を買ったことがある。あそこにネタになるような話はないだろうか。自室に戻って本棚を探すがどこにもない。そういえば大学受験のときに颯子に貸したことを思い出す。返してもらった記憶がないから、きっとまだ妹が持っているのだろう。

妹の部屋に行く。勝手に入るのは後ろめたいが、本を取るだけだと言い訳をした。目的の本は本棚の隅に押し込まれていた。本を取って、部屋を出ようとしたとき、屑《くず》籠《かご》に目が行った。空になった薬のシートが捨ててある。持病はないし、体調が悪いという話も聞いてない。一体何を飲んでいるのだろう。空のシートを拾ってみる。薬は二種類あるようだ。シートの裏にはマルダクトンとアンジェと書いてある。

スマートフォンで検索するとマルダクトンは利尿剤とわかった。高血圧の治療に使うものらしい。颯子はまだ二十一歳のはずだけど。父親の薬を飲み間違えたのかな。でもどういう理由でそんなことが起こるのだ。首をかしげながら次にアンジェを検索した。

それを見た瞬間、爽太は自分の目を疑った。再度検索したが結果は一緒だ。爽太は妹の部屋の屑籠を覗くという軽はずみな行動を深く悔いた。アンジェとは低用量の避妊薬《ピル》だった。

5

翌日、約束の時間にどうめき薬局に行くために、爽太は眠い目をこすりながら満員電車に乗った。ぎゅうぎゅうづめの電車で潰されそうになりながら、頭の中では同じ思いばかりがぐるぐるまわった。

妹がピルを飲んでいる。それは兄としては、いささかショックなことだった。颯子が、まさかそんな薬を飲んでいるなんて。決まった相手がいるならまだいいのだ。しかし颯子にそんな相手はいないはずだった。最近はお互いに遠慮して、直接プライベートの話をすることはないが、母親の口を通してそう聞いている。しばらく前まで彼氏はいたが、夏前に別れたそうだった。それなのに、どうしてあんなものが屑籠に捨ててある？　特定の恋人はいないが、不特定多数の男性とそういう関係があるということか。

学校にあがる前、爽太、爽太、と言いながら、どこに行くにも後をついてきた颯子の姿が脳裏に浮かぶ。おかっぱ頭につぶらな瞳。小学校にあがる年になってもまだ自転車に乗れず、泣きべそをかきながら練習していた姿が懐かしい。あの少しとろくて、可愛らしかった妹が、いまや家族に隠れてそんな薬を飲むようになるなんて。

爽太は自分の軽率な行動を再び深く悔いた。家族とはいえ、勝手に屑箱を覗くような真似をするべきではなかったのだ。

飯田橋《いいだばし》駅で電車を降りると、外堀《そとぼり》通りを歩き、神楽坂をのぼった。路地を曲がってしばらく歩くとどうめき薬局が見えてくる。店の前で白衣を着た方波見さんが待っていた。結局、話題になるような薬のネタは見つからなかった。仕方ない。出たとこ勝負でなんとかしようと考えた。

「こっちに来て」方波見さんはビルの横に爽太を連れて行く。

「お店じゃないんですか」

「事務さんもいるし、落ち着かないでしょう。薬局の休憩室は関係者しか入れないから、ビルの談話室を使えるようにしておいたわ」

通用口から中に入って、通されたのは階段横の小さなスペースだった。パーテーションで仕切られて、中央には小さなテーブルと椅子が四脚置いてある。

「ここで待っていて。いま呼んでくるから」

方波見さんは言うと、すぐに毒島さんを連れてきた。白衣にマスク、黒縁眼鏡で長い髪を後ろで一本に結んでいる。仕事をしているときと同じ格好だ。どこか不得要領な顔をしているのは、これから仕事というときに呼ばれたせいか。

「こちら、水尾さん。さっき言った通り、あなたのアドバイスで白癬感染症の誤診がわかって、感謝しているそうよ」

「水尾です。本当にありがとうございます。言われた通りに別の皮膚科で顕微鏡検査をしてもらいましたが、白癬菌は見つかりませんでした。ステロイド外用薬をもらって、それを塗ったらすぐに治りました。あのとき正しいアドバイスをしてもらったお陰です。そうでなければ効かない薬をいまだに塗り続けていたかもしれません」

本当にありがとうございます、と頭を下げる。

「まあ、立ち話もなんだから、とりあえず座ったら。ほら、患者さんじゃないんだからマスクくらい外しなさい」

方波見さんに促されて、毒島さんと正対して座る。

「私はお店に戻るわね。まだ患者さんは来ていないから、急いで戻らなくてもいいわよ。ゆっくり水尾さんの話を聞いてあげて」

方波見さんはそう言って姿を消した。マスクを外した毒島さんの顔を見て、やはり風花で見た女性だと爽太は思った。化粧気がなく、表情に乏しいせいで冷たい印象を受けるが、きちんと化粧をすればけっこう美人なのかもしれないとも考える。

「あらためてお礼を言います」

爽太は自己紹介をしてから、「本当に助かりました。ありがとうございます。なんとお礼を言っていいかわかりません」と言葉を続けた。

「お礼なんていいです。私は自分の仕事をしただけですから」

爽太は感情を込めて謝意を伝えたが、毒島さんはどこか当惑した表情だ。

「でも、よく誤診だって気づきましたね。そういうのって何かコツがあるんですか」

「コツとかありません。あのときに処方された薬は、足白癬には間違いなく効果がある薬です。完治するのに時間はかかりますが、一か月塗ってほとんど効果が出ないということはないはずです。水尾さんは、用法用量を守っているのに、一向に患部に改善は見られないとおっしゃいました。そうであれば、医師の診断が誤っていると考えるのは当然です」

「薬剤師の仕事って、薬を作って、渡すだけかと思っていました。でも違うんですね。そこまで考えているなんて驚きです」

「いえ、そんな。たいしたことじゃありません」

爽太の言葉に毒島さんの表情が一瞬緩んだ。よし。これを突破口に頑張ろう。爽太は勢い込んだが、しかしそこから先はさっぱりだった。美辞麗句を並べたて、仕事ぶりを褒めそやしたが、そこからの毒島さんの反応は薄かった。形ばかりの追従には無反応という態度を返された。そのうち腕時計をちらちら見だした。十五分が経過している。爽太は焦った。別の話題と思ったが、興味を引くような話は思いつかない。

「すみませんが、そろそろ戻らなくては――」

まずい。席を立たれたらそれで終わりだ。爽太は焦って、「あの、向かいに風花って喫茶店がありますよね」と言った。「ナポリタンが絶品ですよ。今年の春に初めて行ったんですが、病みつきになってしばらく通ったりもしました。毒島さんは昼休みに行くことはないですか」

「前に何度か行ったことはあります。でも外食自体が好きではないので、最近はほとんど行くこともないですね」

　会話が途切れた。爽太はさらに焦った。この状況でハーブティーの話題を出すのはさすがに強引すぎるだろう。やむをえない。こうなったら妹の話をするしかない。

「あの、実は相談したいことがあるんです」と切り出した。

「家族が飲んでいる薬のことなんですが、相談できる人がいなくて困っているんです」

「どういうことですか」

　毒島さんは浮かせかけた腰を下ろして爽太の顔を見た。

「妹なんですが、こっそりピルを飲んでいるようで、大学生なんですが、そういうのって見過ごしていいのか、意見をすればいいのか、それで悩んでいるところなんです」

「ピルですか。医師が処方したものを飲んでいるなら、はたでとやかく言うことはないと思いますが」

　思い切って打ち明けたというのに、毒島さんの態度は変わらない。そう言われて返す言葉がなくなった。「問題ないということですか」

「目的にもよりますね。ピルは避妊だけではなく、月経前症候群《PMS》の治療に使われることもあります。妹さんは月経前、情緒不安定になったり、体調を大きく崩すことがありますか」

「えーと、よくわかりません」

妹の月経なんか気にしたこともない。

「飲んでいる薬の名前はわかりますか」

「アンジェという名前でした」

「第二世代の低用量ピルですね。血栓などの副作用の危険性は少ないと思います。他に併用している薬はありますか」

「はい。マルダクトンとかいう薬を飲んでいるようです」

「マルダクトン……利尿薬ですね」毒島さんは少し考え込んでから、納得したように頷いた。「なるほど。そういうことでしたら、問題はまったくありません」

「問題がないって、どういうことですか」

「つかぬことをお聞きしますが、妹さんは尋常性ざ瘡《そう》で悩まれているのではないですか」

「尋常性……？」いきなり奇怪な言葉を言われて戸惑った。

「尋常性ざ瘡というのは、一般的に言うにきびのことです」

にきびか。そういえば洗面台にはクレアラシルやプロアクティブが置いてあった。

「そうかもしれません。最近は仕事が忙しく、面と向かって話す機会もないので、くわしいことはわかりませんが」

「大人にきびと呼ばれる二十歳を超えてから出来た尋常性ざ瘡の治療に、マルダクトンと低用量ピルが使われることがあるんです」

にきびの形成には男性ホルモンが影響しているそうだ。だから基本的には男性の方がにきびを発症しやすい。しかし男性ホルモンの量が過剰だったり、男性ホルモンの感受性が強い女性は成人後もにきびに悩まされることになる。

「マルダクトンとはカリウム保持性利尿薬に分類される薬です。体内の水分を尿として排出させる作用があります。その際にカリウムを残して、ナトリウムを排出するという特徴があるんです。これを服用するとむくみが解消されて血圧が下降します。よって高血圧の治療に使用しているわけですが、他にもエストロゲン様作用、および抗アンドロゲン作用もあるので、服用すると男性ホルモンが抑制されて、ざ瘡の新生が阻止されます。ただし副作用として、不正性器出血や月経周期の異常などが生じるので、これを回避するため、低用量ピルを併用する治療法がとられるわけです」

毒島さんは何も見ずにすらすらと専門用語を口にする。

「じゃあ、妹はにきびの治療のために、その薬を？」

意外だった。ピルにそんな使い方があるなんて。薬の効果の説明はよくわからない。しかし目的が避妊ではないということは理解できた。

「ただし一言、言い添えるなら、専門医の中にはスピロノラクトンの内服は推奨できないという意見もあります。治療が長期にわたるため、全身のホルモン動態に影響を与える可能性があるという理由です」

　将来的に副作用が出る可能性もあるということか。いや、でも毒島さんが口にした薬の名前が違っていたような。それを指摘すると、「スピロノラクトンとはマルダクトンの一般名です」と毒島さんは言った。

　一般名というのは薬の主成分の名称で、それに対して製薬会社がつけた商品名が別にあるとのことだった。ジェネリックなど別の名前の薬でも、一般名が同じなら同じ効果が期待できるということらしい。

「しっかりした先生に治療を受けているならいいのですが、副作用のリスクをきちんと伝えずに、営利目的で治療に誘導するお医者さんもいるようなので、それについては注意をした方がいいと思います」

「わかりました。教えてくれてありがとうございます。折を見て今の話を母にして、あらためて妹に伝えてもらうようにしてみます」

　気持ちがすっと楽になった。とんだ早とちりだった。妹は隠れて不埒《ふらち》なことをしているわけではなかったのだ。

「お医者さんの中には金儲《もう》け優先で、患者さんのことは二の次に考える人もいますからね。何事にもお医者さんの言いなりにならず、自分の健康状態は自分できちんと考える習慣をつけた方がいいと思います。お医者さんの言葉を妄信して、こんなはずじゃなかったと後で後悔するのは、他ならぬ自分ですから」

毒島さんの言葉は手厳しかった。きっと是沢院長のことを言っているのだろう。

「わかりました。ヤブならぬモリ医者には気をつけます」

毒島さんは虚をつかれたような顔をして、その直後にぽっと頰を赤らめた。自分が前に言ったことを思い出したのだ。やった、と思った。彼女の無表情を打ち破って生の表情を見ることが出来た。この顔を見ただけでも、今日、ここに来た甲斐がある。

毒島さんは慌てたように時計を見た。「じゃあ、私はこれで」とそそくさと立ち上がる。

「あの、毒島さん――」

食事に誘おうと思ったが、しかしいざとなると心が挫《くじ》けた。拒絶されたらどうしよう。そんな恐れに続く言葉が出てこない。

「なんでしょうか」

そう口にする毒島さんはすでに普段の顔に戻っている。ダメだ。言えない。

「もうひとつ相談があるんですがいいですか」そんな台詞が口をつく。

「母方の伯父のことなんですが、脳梗塞を患って、いまはよくなったんですが、薬が合わないのか、最近調子が悪いそうで、それってどう思われますか」

自分で言っておきながら、意味がよくわからない質問だと思った。それに母は、伯父の体調が悪いと言ったが、薬が合わないなんてことは言ってない。とりあえず間をもたせるために口にした質問だ。

「薬は何を飲まれているのですか」

「はっきりわからないのですが、ワーなんとかという薬です」

「ワーなんとかですか。脳梗塞を患ったのは間違いないのですね」

「はい。そう聞いてます」

「それならたぶん、ワーサリンですね。血液を固まりにくくする薬です。血栓症の予防に使います。よく使われているお薬なので、合う合わないはないと思いますが」

あっさり言われて気が抜けた。どんな薬だろうかという話題で、しばらく時間を引き延ばせると思ったのに。

「薬が合わないと思うなら、主治医の先生に相談することをお勧めします。患者さんの状態を一番ご存知なのは主治医の先生です。患者さんの状態がわからないことには、薬剤師としても下手なことは言えません」

正論中の正論だ。そう言われたら、これ以上は何も言えない。

「そうですね。奥さんも旦那さんの体調を心配して、食事のたびに納豆や青汁を出しているようですし、まわりがごちゃごちゃ言うことではないですね」しゅんとしながら爽太は言った。

その瞬間、毒島さんの顔が強張った。

「今、なんと言いました？」

「えっ、いや、まわりがごちゃごちゃ言うことではないですね、と」

「その前です。食事のたびに何を出していると言いましたか」

「納豆や青汁です。両方とも健康にいい食品ですよね」

「奥さんがそれを毎食出しているわけですか」

毒島さんはこれまで見せたことがない真剣な顔をした。眉間に深く太いしわが刻まれる。「それは大変気になる話です。可能であれば、その方に連絡をして、薬の名前がたしかにワーサリンなのか確認してもらえませんか」

「確認って、いまですか」

「はい、そうです」

「でも、もう仕事に戻らないといけないのでは」

時計の針は九時二十分を過ぎている。

「いまはこちらが優先です。その話を聞いた以上、放っておくわけにはいきません。すぐにそれを確かめてください」

そんなに重要なことなのか。

「わかりました。じゃあ、母に電話して、伯父の奥さんに訊いてもらいます」爽太はスマートフォンを取り出した。

「待ってください。奥さんではなく、ご本人に訊くようにしてください」

「でも食事の支度や薬の管理については、奥さんが一手に引き受けているという話ですが」

「そこが一番の問題です。服薬は自身の健康に深く関係することですよ。それを家族とはいえ、人任せにしてどうします。自分がどんな薬を服用して、その薬にはどんな効果や副作用があるのか、それを知らないで自身の健康を保てるはずがありません」

毒島さんは厳しい言葉を口にする。

「ざっくりした言い方ですが、血管内に血栓ができるのはビタミンKの働きによるものです。ワーサリンはビタミンKに作用することで、血液凝固因子の生合成を減らし、血液を固まりにくくする効果を持っています。しかし服用中、食事などで大量のビタミンKを摂取すると、その効果が薄れてしまいます。そして納豆や青汁にはビタミンKが多量に含まれています」

「じゃあ、毎食、納豆や青汁を摂っていたら大変じゃないですか」

「そうです。薬の効果が著しく減退します」

「じゃあ、それを奥さんにすぐに伝えないと」

「問題はそこです。ワーサリンを飲んでいる方は、納豆や青汁の摂取を控える必要があるということは、薬剤師には常識中の常識です。薬を渡す際には、必ずそれを伝えているはずです。ましてや本人ではなく代理の方が受けとるとなれば、それこそくどいほどに念押しをしていると思われます」

首筋の毛がぞわっと逆立った。

「奥さんは知っていて、わざと納豆や青汁を出しているということですか」

財産目当てじゃないかと非難されたという話を思い出す。まさかテレビドラマにあるような事件が、自分の身近で起こるなんて。もしかして伯父さんの具合が悪いというのはそのためか。「大変だ。すぐに伯父さんに伝えなくちゃ」

慌てる爽太を、毒島さんが止めた。

「落ち着いてください。大学病院であれば、ワーサリンを処方するとき、止血作用を担う凝固因子の働きを調べる検査をしているはずです。患者さんがビタミンKを多く摂っていれば薬の効果は薄れます。その結果を見て、医師は処方量を多くしていると思います。納豆や青汁を多く摂ったからといって、すぐに命の危機に至ることはありません。診察室に付き添っていない奥さんは、旦那さんがそんな検査をしていることを知らないのでしょう。薬剤師から、この薬を飲む際には納豆や青汁を摂らないようにしてくださいと言われて、それを思いついたのかもしれません」

「じゃあ、奥さんのしていることに危険はないですか」

「危険はないということはありません。ワーサリンが過剰投与されている状態ですので、今後色々な場面で副作用が出る可能性があります。とにかく本人に確認することが第一です。そのうえで主治医の先生に早急に相談した方がいいと思います」

爽太はすぐに母親に電話をした。毒島さんから聞いた話をかいつまんで伝えたが、しかし母親は納得しない。「いきなりそんなことを言われても」と戸惑ったような声を出すだけだ。

「大事なことなんだ。とにかく薬の名前といま飲んでいる量を確認してよ」

「それはいいけど、お嫁さんに内緒でってどういうことよ。まさかあの人が、義郎兄さんの命を狙っているとでも言いたいの」

「その可能性があるかもしれないんだよ」

「馬鹿言わないでよ。そんなドラマみたいな話があるわけないじゃない」

「でも薬剤師さんが確かめてくれと言っているんだよ」

「信じられないわ」

堂々巡りだ。すると毒島さんは指で自分の顔と爽太のスマートフォンを交互に指さした。電話を代わると言いたいようだ。「じゃあ、薬剤師さんと代わるから、直接話をしてよ」爽太はスマートフォンを毒島さんに差し出した。

「はじめまして。どうめき薬局の毒島と言います。――はい、薬剤師です」

毒島さんは的確に要点だけを繰り返した。オブラートに包んではいるが、言うべきことははっきり言っている。

「――そうです。ワーサリンとビタミンKの組合せは、薬の効果を打ち消し、血栓ができるリスクを高めます。至急、薬の名前と現在飲んでいる量を確認してください」

母親はようやく事の重大さに気づいたようだ。慌てている様子が毒島さんの口調で窺えた。すぐに義郎兄さんに確認するということで電話を切った。

五分後、母親から電話があった。やはり薬はワーサリンで間違いなかった。飲んでいる量を毒島さんに伝えると、やはり普通より多いとわかった。

「よくよく聞いたら納豆や青汁が出ていたのは夏までという話だったわ。病院の検査で薬が効いてないという結果が出て、お医者さんに納豆や青汁は絶対に摂ってはダメだって怒られたんですって」

伯父さんがそれを伝えると、奥さんは平身低頭して謝って、薬剤師から言われたことを誤解していたと言い訳をしたそうだ。それ以来、食卓に納豆と青汁が出ることはなくなった。母親が納豆や青汁がよく出るという話を聞いたのはその出来事の前だったのだ。

「でも、それなら処方されるワーサリンの量は減るはずだよね。今でも普通より多い量が処方されているのはおかしいいんじゃないのかな」

爽太が意見を言うと、「そうなのよ」と母親は同意した。

「それで思ったんだけど、今でもあの女が、義郎兄さんの食事にビタミンKを混ぜているんじゃないかしら。向こうだって馬鹿じゃないわよ。おおっぴらにすれば問題になるから、誰にも気づかれないようにこっそりやっているのよ」

受話器の向こうで母親は憤慨したように鼻を鳴らした。すぐに親族会議を開いて善後策を練るという。それだけ言うと電話は切れた。かなり慌てているようで、毒島さんにお礼を言うことも忘れている。

「すみません。色々とありがとうございます」

爽太が代わりに礼を言ったが、毒島さんは気にかけることもなかった。

「薬剤師として当然のことをしただけです」とだけ言う。

それではこれで、と立ち上がる。すでに九時四十分を過ぎている。これ以上は引き留められない。お礼に来たはずが、また世話になってしまった。

「本当にありがとうございます。このお礼はあらためて――」

爽太は深々と頭を下げた。結局、風花のことも訊けなかった。

## 6

一か月が経った。あの後、義郎さんをめぐっては一騒ぎがあったそうだ。親族会議でその話を訊かれた義郎さんは、納豆と青汁をやめても薬の量が減らないことをおかしいとは思っていたが、それを言えば奥さんが怒って出て行ってしまうかもしれないと思い、言えなかったと打ち明けたのだ。

皆に問い詰められた奥さんは、知らぬ存ぜぬを繰り返したそうだが、言い逃れが出来ないと見るや、「もういいわよ。私は何もしてないけど、ここまで疑われたら、もう夫婦を続けていく意味なんかないわ」と捨て台詞を残して出て行ったそうだ。

義郎さんは食事を改善して、ようやく体調も回復してきたところだという。ワーサリンだけでそこまで体調を崩すことはないから、こっそり他の薬も混ぜていたのではないかと周囲は疑っているそうだ。警察にも相談したが、事件とするには証拠がないと言われてあきらめた。このままでは、また同じような性悪女に狙われるのではないかという心配もあるために、息子夫婦が義郎さんと同居することを決めたという。

「これで一安心ね」母親はほっと息をつく。

「まあ、とりあえずはよかったよね」爽太も頷いた。父親は仕事で、妹もまだ帰っていなかった。

「それにしてもその薬剤師さんには感謝しなくちゃね。あのとき気づいていなければ、本当にあの女にいいようにされていたかもしれないわ。ところでその人、おいくつなの。あんたとはどういう関係の人なのよ」

母親はお茶をすすりながら、探るような視線を向けてきた。

「はっきりした年は知らないけれど、二十代後半くらいかな。勤め先の近くにある調剤薬局に勤めている人だよ」爽太は正直に言った。

「もしかしてお付き合いをしているってこと？」

「違う。違う。そんなのじゃないよ」爽太は慌てて手を振った。

「前に足が痒くなって、勤め先の近くにあるクリニックに行ったことがあったんだよ。そこで水虫という診断を受けたけど、でも薬を塗っても、まるでよくならなくてさ。そのときに色々と助言をもらったのが、あの人だったんだ。ちゃんとした皮膚科に行って、別の薬をもらったらすぐに治ってさ。そのお礼を言いに行ったとき、たまたまその話をしたら、それはおかしいということになったんだよ」

「本当かしら。なんか怪しい話だわね」

「嘘なんかつかないよ」

お茶をずずっとすすって、まあいいわ、と母親は呟《つぶや》いた。「お世話になったお礼はしなくちゃね。何か買って送ろうかしら。食べ物は何が好きか、あんた知っている？」

「知らないよ。でもたぶん受け取らないんじゃないかな。薬剤師として当然のことをしただけだって、何度も言ってたから」

爽太はそっけなく言った。これ以上、母親には関わってほしくないという気持ちがあった。あらためてお礼に行くタイミングを考えてはいるが、仕事の忙しさもあり、なかなか訪ねることが出来ないでいるのだ。それにどんな話をすれば、興味を持ってもらえるかがわからない。これではまた訪ねても、ありがとうございました、いえ、薬剤師として当然のことをしただけです、という会話のやりとりで終わってしまう。

なにか話題はないだろうか。そんなことを考えている間にこれだけ時間が経ってしまったのだ。でも、もうこれ以上は引き延ばせない。そろそろなんとかしないと、と焦りを感じていたところだった。

「じゃあ、あんたに任せるわ」母親は財布から一万円札を抜き出すと、爽太の前にぽんと置いた。

「なに？　これ」

「あんたの知り合いなんでしょう。あんたがきちんとお礼をしなさいよ。若い女性が喜びそうな物を買って送るもよし。落ち着いたレストランに食事に誘うもよし。それは自分で考えなさい」母親はそれだけ言うと立ち上がる。

「いいよ。こんなの」爽太は紙幣を押し返す。しかし母親は取り合わない。

「世の中には礼儀ってものがあるのよ。あんたがしないなら、私が直接お礼に行くけど、それでもいいの？」

ぐっ、と爽太は言葉を飲み込んだ。出来ればそれはやめてほしい。

「ならしっかりやりなさい。あんたももう二十五歳なんだから、ガールフレンドの一人もいないと恰好《かっこう》がつかないでしょうに」

「なんだよ。それは関係ないだろう」爽太は焦って、横を向く。

「颯子にも彼氏が出来たみたいだし、あんたもせいぜい頑張りなさいよ」

「えっ、颯子に彼氏が出来たの？」

驚くと同時に、飲んでいた薬のことを思い出した。そういえばその話を母親にまだしていなかった。義郎伯父さんの騒ぎで忘れていたのだ。しかし爽太が口を開くより早く、母親は言った。

「バイト先の先輩ですって。自分から告白してOKをもらったみたい。そのためにわざわざニキビの治療までしてたのよ。病院に行って薬をもらった甲斐があったって喜んでたわ。私も病院に付き添ったけど、ピルがニキビの治療に効くなんて知らなかったわ。お父さんと爽太には絶対に言わないでって頼まれたから、今まで黙っていたけどね」

だから、あんたも頑張りなさい、と母親は爽太の肩をぽんと叩《たた》いた。

わかったよ、と爽太は頷くと、ありがとう、と机の一万円札を手に取った。

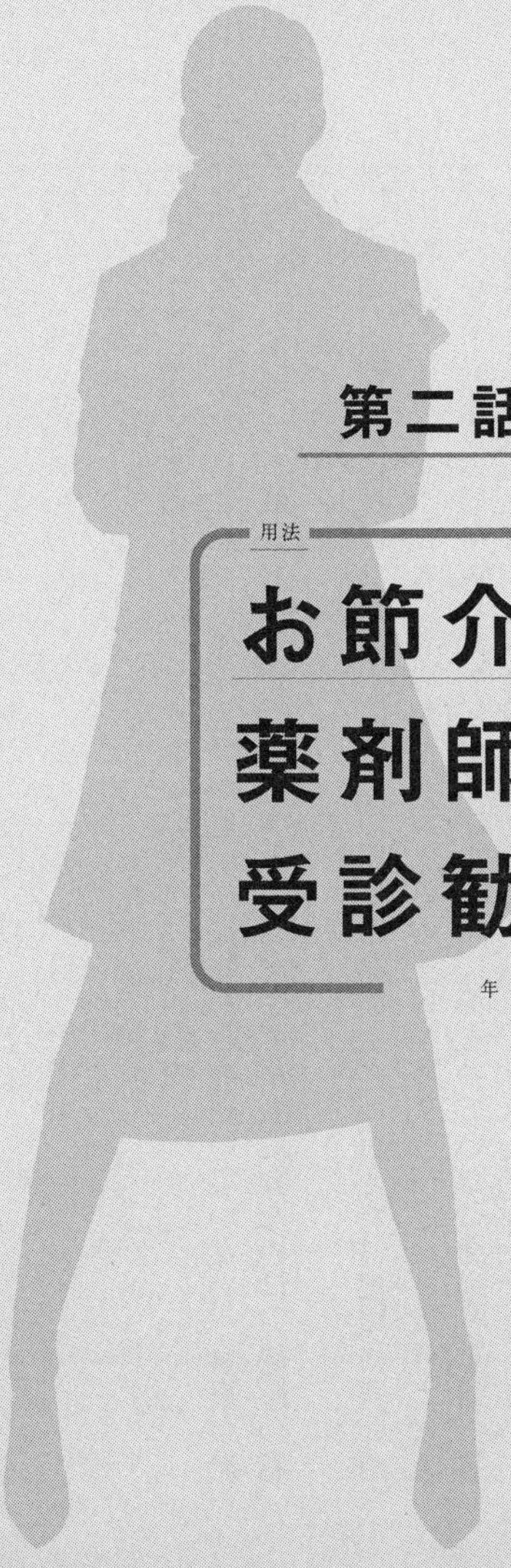

# 第二話

用法

## お節介な薬剤師の受診勧奨

年　月　日

# 1

フロントの仕事をするにあたってクレーム対応は不可欠だ。

通された部屋が写真と違う、係の手際が悪い、掃除が行き届いていない、食事が冷たい等、その内容は多岐にわたるが、対応するに当たって最も厄介なのは、部屋の私物がなくなったというクレームだろう。

水尾爽太がその日に受けたクレームもその典型的なケースと言えた。部屋に置いた子供の塗り薬がなくなったというのだ。クレームの主は植木《うえき》美和子《みわこ》という女性だった。新潟から小学五年生の娘・茜《あかね》と来て、ツインルームに泊まっていた。金曜と土曜の二連泊。土曜日の午後三時過ぎに外出から戻って、それに気づいたとのことだった。

「申し訳ありません。すぐに確認に参ります」

爽太は受話器を置くと、すぐに三〇五号室に向かった。階段を上りながら自分がするべきことを考える。クレーム対応の基本は、相手の話をよく聞いて、何を訴え、何を望んでいるかを理解することだ。

しかし、だからといって、その訴えをすべて言葉通りに聞くわけにもいかない。記憶違いや思い違いもあるし、ゆゆしきは弁償金目当てに嘘の訴えをする者もいるからだ。もっともクレームの内容からして、今回はその可能性は低そうだ。客室係が掃除中にどこかに落としたか、間違えて捨てたということだろう。

時間からして、客室係はまだ控え室にいるはずだ。収集した廃棄物を探して見つかればそれでよし。見つからなくても薬を弁償すれば済むことだろう。

三〇五号室の前に着くと、息を整えてから扉をノックした。一呼吸あってドアがあいた。爽太は一礼して部屋に足を踏み入れた。美和子は痩せて小柄な女性だった。苛々《いらいら》した口調で、外出から戻ったら、あるはずの塗り薬がなくなっている、とまくしたてた。

「出かけるときに間違いなく予備をここに置いたのよ。それなのにさっき帰ったらなくなっていて、どこを探しても見つからないのよ！」

美和子はベッドの横に置かれたナイトテーブルを指さした。五十センチ四方の正方形の天板には、化粧品やお菓子、携帯電話、ゲーム機、充電器、延長コードなどが置かれている。

「いま使っている分が空になったので、新しい物を使おうとしたらどこにもないの。明日はディズニーランドに行く予定なのよ。薬がなければ心置きなく楽しむことができないわ」

「申し訳ありません」と爽太は頭を下げて、「とりあえずもう一度探してみてもいいですか」と訊いた。

「いいけど、ないわよ。私も何度も探したもの」

それでも念のために確認した。私物があふれるナイトテーブルの上には当然ない。天板に載った物が落ちないように注意しながらナイトテーブルを横に動かした。下には何も落ちてない。床に膝をついてベッドの下ものぞき込む。だがそこにも薬らしき物はない。

サイドテーブルを戻して、あらためて部屋の様子を見まわした。気になることがひとつある。ナイトテーブルの足元に屑籠が置いてあるが、本来の置き位置はそこではない。清掃のマニュアルでは、壁際に置くこととなっている。多分、こちらが使いやすいと考えて、美和子か茜が動かしたのだろう。中をのぞくと空だった。朝もこの場所に移動していたなら、何かの拍子にそこに落ちて、気づかないまま廃棄物として回収された可能性がありそうだ。

「なくなったのはどんな薬ですか」

「これよ」と美和子はA４サイズの紙を突き出した。

調剤薬局で出される薬剤情報提供文書だ。以前、接触性皮膚炎を患って塗り薬をもらったときに、同じ紙をもらった記憶がある。見た瞬間、まずいな、と思った。処方薬を購入するには処方箋が必要であり、処方箋をもらうには医師の診察が必要になるからだ。

説明文書にはチューブに入った塗り薬の写真が載っている。薬の名前はリンドロンＤＰ軟膏《なんこう》となっていた。副腎皮質ホルモン外用剤と書いてある。爽太がもらった薬と同じステロイド外用薬のようだった。

「子供のアトピー性皮膚炎の薬なのよ。あれがないと困るの。子供が体中を掻き毟って、あちこち掻き壊したようになっちゃうのよ」

美和子の苛立ちが募っていることが窺えた。茜はベッドの上で膝を抱えて、不安そうに壁の方に目をやっている。首の付け根あたりが赤くなっていて、ところどころ傷になり、血が滲んでいるのが痛々しかった。

爽太の視線に気がつくと、患部を隠すようにブランケットを頭からかぶる。

客室係に確認する旨を告げて部屋を出る。ドアを閉める間際、ブランケットから頭を出した茜が猫のように丸めた手で、首の付け根をこすっている様子がちらりと見えた。患部を掻き壊さないための知恵なのだろう。自らも痒みに悩まされた経験があるだけに、そうせざるを得ない気持ちはよくわかった。

いや、自分はまだましだ。ステロイド外用薬を塗って、すぐに痒みは治まったのだから。しかしアトピー性皮膚炎はそうではない。長期にわたって激しい痒みが続くという話を聞いたことがある。あの子にとって、痒みを抑える薬はとても大事な物なのだ。なくなった薬を見つけなければ、あの母娘のせっかくの東京旅行が台なしになる。

階段を二段飛ばしに駆けおりて、爽太は一階にある客室係の控え室に向かった。

2

客室係は社員二人とパート十人のすべてが女性という構成だ。幸いなことに控え室には本日勤務のほぼ全員が残っていた。まずは責任者である主任の中野《なかの》さんに事情を話す。年齢は四十代後半。その仕事ぶりは優秀で、他の部署の人間からも一目置かれている存在だ。ただし部下には厳しく、入ってくるパートさんの半数は、一週間と経たずに辞めていく。初心者にも容赦なくダメ出しをして、妥協することなくベストの仕事を要求するからだ。三〇五号室から受けたクレームの話をすると、中野さんの顔はみるみるうちに強張った。

「三〇五号の担当は誰?」

同じ社員の南《みなみ》さんに厳しい声を出す。南さんは四十半ばというところ。大人しく、要領が悪いところがあるせいか、いつも中野さんに怒られている印象がある。

「えーと、沢辺《さわべ》さんです」南さんはシフト表を見ながら、上ずった声を出す。

「沢辺さんはどこ?　帰ったの?」

「はい。早帰りしました。入院したお友達のお見舞いに行くということで」

「まったくこんなときに――」中野さんは聞こえよがしに舌打ちをする。

「すぐに電話をかけて事情を訊いて。部屋に薬がなかったかを確認してちょうだい」

南さんが電話をかけたが、すぐに受話器から耳を離して首をふった。

「電源が切れてます」

中野さんは舌打ちをして、「こんなことがあるかもしれないから、仕事が終わった後も電話はつながるようにしておいてって、いつもくどいほどに言ってるじゃない。本当に責任感のない人ね。想像力がないから、そんな非常識なことが出来るのよ」と声を上げる。さらに南さんに向かって、「あなたもあなたよ。教育が悪いからこういうことになるんじゃないの。もっとしっかりしてちょうだいよ！」と鋭く言った。

南さんは何も言えずに下を向き、パートさんたちも一様に押し黙る。放っておけば中野さんの小言と嫌味はまだ続きそうだった。

「沢辺さんのことより、いまどうすればいいかを考えましょうよ」

薬が屑籠に落ちて、気づかないまま回収されてしまった可能性を、爽太は中野さんに説明した。客室から出たゴミはフロアごとに分けられて、翌朝の回収までホテルの裏手にあるゴミ置き場に保管される。厨房の生ゴミとは置き場所も分けてあるから、袋をあけて中を確認することは可能だった。

「そういうことなら、探せば見つかるかもしれないわね。すぐに調べてきてくれる？」中野さんは当然のように南さんに指示を出す。

「これくらいのチューブに入った軟膏です。名前はリンドロンＤＰ軟膏。アトピーに対処するためのステロイド外用薬です」爽太は指でチューブの大きさを示した。

「わかりました。行ってきます」

「いや、待ってください。僕も行きます。二人で探した方が早いです」

部屋を出て行こうとする南さんに声をかける。しかし一緒に控え室を出ようとした爽太を中野さんが呼び止めた。

「やめてください。これは客室係の問題です。フロントの人に余計な手間を取らせるわけにはいきません」

「でも部屋でお客様が待っているんです。なるべく早く解決したいので、僕に出来ることは協力しますけど」

爽太が異議をとなえると、中野さんはため息をついて、その場に居並ぶパートさんたちの顔を見渡した。「フロントの人がこんなことを言っているけど、あなたたちはどう思う？　こんなことになったのは、もとはと言えば沢辺さんのせいなのよ。仲間のミスはみんなのミス、誰かがミスをしたらそれをカバーするようにしましょうって、いつも私は言っているわよね。こんなときこそ皆で協力して、仲間のミスをカバーするべきだと思わない？」

中野さんの言葉にパートさんたちは顔を見合わせもじもじしている。白髪の女性が、

「あの、今日は娘と孫が遊びに来るので、そろそろ帰らなくてはいけないんですけど」と言いづらそうに口を開く。

「用事があれば別にいいのよ。これは業務命令じゃなくてお願いだから。無理に残れと言っているわけじゃないわ。仲間のミスをカバーしたいと思っている人を募っているだけの話なの」中野さんは嫌味っぽい口調で言い放つ。まだ沢辺さんがミスをしたと決まったわけではないが、ここで口をはさむと面倒なことになりそうだ。我慢して黙っていると、「あの、ワタシ、やります」と五十歳くらいの女性が手をあげた。外国人らしく、言葉のアクセントが微妙に違う。

「あら、リンさん、ありがとう。他の人はどうかしら」

お互いに顔を見合わせながら、さらに二人ほどが手をあげた。

「山本《やまもと》さんと鈴木《すずき》さんね。じゃあ、ちゃっちゃっとやっちゃって。まず三階のゴミを調べて、そこになければ念のために二階と四階のゴミも調べてね。はい、じゃあ、他の人は帰ってもいいわよ。次回、同じことがあればまた協力してちょうだいね」

中野さんがパンパンと手を叩き、リンさんたちはその場に荷物を置いて、南さんに続いて控え室を出て行った。他のパートさんたちも「すみません。お先に失礼します」と声を出して控え室を出て行った。後には爽太と中野さんが残された。控え室は明かり取りの窓があるだけの倉庫を兼ねた部屋だった。ベッドメイクに使うリネンや、シャンプーやボディソープといったサニタリィ用品を収めた箱が、スチール製の棚に整然と詰め込まれている。

中野さんは備え付けの冷蔵庫をあけると、私物らしいステンレス製の水筒を取り出した。中身を紙コップに注ぎながら、「ここで待つなら、空いている椅子に座ってくださって結構ですよ」と爽太に言った。

「いや。平気です」

なんとなく居心地が悪くて、爽太は勧めを断った。中野さんは悪い人ではないが、口調が強く、仕事に妥協がないことから、色々と問題のある人だった。仏頂面で、ぶっきらぼうなところも、人に敬遠される理由になっている。過去にはパートさんが苦情を書き連ねた投書を本部に送りつけたこともあったという。

飲み物を注いだ紙コップは二つあった。中野さんはひとつを、「どうぞ」と爽太に差し出した。断るわけにもいかず、「いただきます」と手を伸ばして受け取った。中身は薄い茶色の液体だ。麦茶かと思ったが、口をつけると清涼感のある爽やかな味が広がった。

「ハーブティーですか」

「ラベンダーとカモミールのブレンドよ。水出しして作ったの」中野さんは紙コップに口をつけながら返事をする。

「どちらもイライラを鎮めて、不安な気持ちを取り払う作用があるものですね」

爽太が何気なく言うと、「あら、よく知っているわね」と中野さんが意外そうな顔をした。

「男の人でハーブティーに詳しいなんて珍しいわ」

「いや、詳しくはないですよ」爽太は慌てて首をふった。

「最近、薬草関係の本を読んだもので、ちょっと頭に入っていただけです」

毒島さんを食事に誘うときに備えて読んだものだった。薬に関する本は難しいので、とりあえず読みやすい本を選んだのだ。

「ハーブティーがお好きなんですか」爽太は訊いてみた。

「ええ、好きよ。健康にいいもの。人工甘味料や砂糖がたっぷり入った炭酸飲料やジュースの類いは口にしないようにしているの。これからの時代、自分の健康は自分で守ることが必要ですからね」

中野さんは飲み終えた紙コップを屑籠に捨てると、水筒を冷蔵庫にしまった。

「水筒を冷蔵庫にしまうんですか」

不思議に思って爽太は訊いた。ステンレス製の水筒は、それ自体に保冷機能があるはずだけど。

「そのへんに置いておくと、悪戯《いたずら》されるかもしれないでしょう。どこの職場もそうだけど、大人しそうな顔をしていても、性格のねじ曲がった人がいるものなのよ」

事務机の前に座り、キャビネットから書類を取り出しながら中野さんは答えた。なんだか含みがある言い方だった。どういうことだろう。しかしそれを質問するより早く、「なくなった薬はお子さんが使うものですか」と中野さんが訊いてきた。

「ええ、そうです。お子さんがアトピー性皮膚炎らしいので」

どうしても見つけてほしいと言われました、と言いかけて、慌てて言葉を飲み込んだ。聞きようによっては客室係を責めているようにも取れる。誤解されるような言葉は口にしない方がいいだろう。

「とにかく見つかることを祈るばかりです」

無難な言葉を言い添える。しかし中野さんは意外なことを言い出した。

「子供がアトピー性皮膚炎にかかる原因って、母親に根本的な原因があるらしいですよ。妊娠中の食生活が乱れていると、その影響がアトピーという形で子供に出ると、何かの本で読んだことがあります。妊娠中の母親は食生活を含めて、しっかり自己管理をする必要があるのに、最近の若い女性ときたら飲酒はするわ、喫煙はするわ、中にはダイエットをする妊婦もいるそうじゃないですか。そんな風だから子供がアトピー性皮膚炎にかかったりするんですよ」

子供がアトピー性皮膚炎になったのは、すべて母親のせいだというような口ぶりだ。

さすがにそれには頷くわけにいかない。

「それは言いすぎだと思いますが」と言い返した。

「いいえ。これは間違いのないことです。アトピーに限ったことではないですが、病気になるのは不規則な生活を送っていたり、バランスの取れた食事を摂っていないせいですよ。その証拠にこの私を見てください。規則正しい生活を送って、体に悪い食品や飲み物を遠ざけているせいで、この二十年、風邪ひとつひいたことはありません」中野さんは自慢げに言って胸を張る。

「健康に気を配った生活を送っていれば、病気にかかることはありません。認知症だって、癌《がん》だって日頃の不摂生の影響でかかる病気ですよ。まっとうな生活を送っていれば、絶対にそんな病気にはかかりません」

病気は、自己管理が出来ていないだらしない人間がかかるものだと言いたいようだ。とんでもない暴論だ。それで健康が保てるなら病気で苦しむ人がもっと少ない世界があるはずだ。しかし現実は違う。どんなに健康に気を使っても、病気にかかるときはかかるのだ。

しかしそれを言うと、中野さんはふん、と鼻を鳴らして、「あなたは若いから知らないだけよ。ほとんどの病気はその気になれば防ぐことが出来るのよ」と主張する。

爽太は驚いた。中野さんは、まわりへの当たりは強いけれど、内面はしっかりしていて、常識的な人だと思っていた。しかし実際は違うようだった。偏った考えを心に抱いて、それを意固地に言い張って、他人に共感を強要するところがあるらしい。部下である南さんやパートの人たちの気苦労が思いやられた。

「どんなに節制していたって、病気はかかるときにはかかるものです。中野さんがかかったことがないと言い張るなら、それは節制のお陰ではなく、ただ運がよかったというだけのことだと思います」

爽太が強い口調で言うと、中野さんが不満そうに眉を吊《つ》り上げた。

「運がよかっただけって、あなたに何がわかるのよ！」

一触即発になったところに南さんたちが戻ってきた。

「二階から四階までのゴミを調べました。でもお探しの薬は見つかりませんでした」

二人の状態には気づかないまま、南さんは悄然《しょうぜん》とうなだれた。

「そうですか」爽太は軽く息をついた。

「困ったわね。沢辺さんとも連絡が取れないし。……どうしますか」

中野さんは皮肉めいた口調で爽太に訊いた。怒る気にもなれず、「仕方ないです。探したけれどなかったという事実をお客様に伝えます」と爽太は言った。

その後どうするかは、あらためて考えることになるだろう。

「探していただいて、ありがとうございます」南さんとリンさんたちに礼を言う。

「とんでもないです。お力になれずに申し訳ありません」と南さん。

社員の二人は五時までは控え室にいるそうだ。この後も沢辺さんに電話をかけて薬がなかったかを訊いてみる、と南さんは言ってくれた。

よろしくお願いします、と頭を下げて爽太は控え室を出た。

さてどうしよう。美和子が嘘を言っているとも思えないから、ステロイド外用薬が、滞在中の部屋からなくなったのは事実だろう。見つからなければ、こちらで弁償するしかないが、問題は一般薬ではないということだ。土曜日のこの時間、診察してくれる皮膚科は近くにあるだろうか。爽太は困惑しながら歩き出した。

3

バックヤードで自分の鞄《かばん》からスマートフォンを取り出した。

フロントを覗くと、団体客が到着したようで、てんやわんやの状態になっている。経験豊富な馬場さんに、どう対応すればいいかのアドバイスをもらいたいところだが、相談している余裕はなさそうだ。仕方ない。先に美和子と話をしてみよう。

部屋に向かう途中、スマートフォンで近くの皮膚科を検索した。足立皮膚科があいていればと思ったが、生憎《あいにく》、土曜日は午前のみの診療だった。ならばと是沢クリニックのウェブサイトを見る。院長に誤診をされた因縁のクリニックだが、薬を処方してもらうだけだし、今回は目をつぶろうと考えたのだ。

だが土日祝日は休診となっている。新宿や渋谷といった繁華街の周辺まで行かないと、この時間に診察している皮膚科はないようだ。となるとタクシーで行っても二十分以上はかかるだろう。ベッドの上で膝を抱えていた茜の姿が頭に浮かぶ。余計な移動で疲れさせたくはないが、他に選べる方法はない。

三〇五号室に行くと、「こちらの部屋から出た廃棄物をすべて確認しましたが、お探しの薬は見つかりませんでした」と正直に告げた。美和子はむっつりした顔で爽太をにらんだ。

「じゃあ、どうしろって言うんです。薬なしで、明日一日を過ごせと言うんですか。いいえ、明日だけのことじゃないですよ。今は落ち着いていますが、薬を塗らなければ、夜にまた痒みが出るかもしれないんです。ここまで朝昼晩と、一日も欠かさずに薬を塗り続けたことで、なんとか症状を抑えてきたんです。それが薬を塗らないことで、また症状が悪化したら、ホテルはどう責任を取るって言うんです――!」

「申し訳ありません」

爽太は丁寧に頭を下げてから、先ほどの考えを口にした。今の時間でも診てもらえるクリニックに行って、そこで処方箋をもらうというのはどうだろうか、と。

しかし美和子はその提案をあっさり却下した。茜が疲れて熱っぽいというのだ。

「もう外出はしたくありません。とにかくなくなった薬を探してください。それさえ見つかれば何も文句はありません。ずっと楽しみにしていた東京旅行です。娘には心置きなく楽しませてやりたいんです」

廃棄物の中を探してもなかったんです。もう探す場所はありません。

そう言いたい気持ちを飲み込んで、「わかりました。少し時間をください」と爽太は言った。とりあえず馬場さんにどうすればいいかを相談しよう。事情が事情なだけに、薬の弁償に加えて、何らかのお詫《わ》びをする必要がありそうだ。部屋代を割り引くか、夕食を無償で提供するか。それ以上のこととなれば、支配人の判断を仰ぐ必要があるわけだが。

そんなことを考えながら爽太はベッドに目をやった。茜はブランケットにくるまり横になっている。その頬が赤く見えるのは、熱が出ているせいなのか。傍らにはディズニーランドのガイドブックが置いてある。赤や青の色とりどりの付箋が何十か所にもつけられているのが目に入る。あらためてディズニーランドに行くのを楽しみにしていたんだな、と考える。

美和子の薬指に指輪はなかった。家庭の事情を詮索《せんさく》するつもりはないが、東京に遊びに来るのだってそれなりにお金はかかるだろう。部屋から薬がなくなった。理由がどうあれそれはホテルの失態だ。そしてこの失態はホテル代の割引や夕食の無償提供で相殺できることじゃない。

「心当たりを確認しますので、もう少しお待ちください」

爽太は心の片隅に思い浮かんだアイデアにすがって、部屋を出るとスマートフォンを取り出した。どうめき薬局のウェブサイトを検索して、営業時間をチェックする。土曜日は午後四時までの営業となっている。現在の時刻は午後三時四十五分。代表番号に発信したが通話中だった。二度、三度と試すが、状況は変わらない。そうしているうちに時計の針は三時五十分を過ぎていた。このままでは電話が通じないまま、薬局は閉まってしまう。それはまずい。ひとまずフロントに戻ることにした。そろそろ落ち着いている頃かと思ったが、ロビーにはいまだ人があふれてバタバタしている。

爽太は馬場さんを捕まえて、手短に事情を話した。

「薬がないと困るというので、調剤薬局で売ってもらえないか訊いてみたいんですが」

「わかった。こっちはこの通りだから、そっちの件は任せるよ」

「電話が通じないので、とりあえず薬局に行ってきます」

「前に話したと思うけど、クレーム対応の基本は〈北風と太陽〉だぞ。それをくれぐれも忘れるな」

北風と太陽とは、クレームを言うお客さんに正面から立ち向かっても問題は解決しない、お客さんが何を訴えたいのかを理解して、どうすれば納得してもらえるかを一緒に考えることがクレーム解決のための一番の方法になる、という馬場さんの教えだった。

「はい。わかっています」

時刻は午後三時五十五分。爽太はホテルの通用口を出ると全力で駆け出した。路地を抜けて、坂道を走り、四時少し前にどうめき薬局についた。ちょうど白衣を着た薬剤師が外に出てきて、看板をしまおうとしているところだった。

「すいません」息を切らしながら声をかける。顔をあげた女性の顔には見覚えがある。前に来たときに見かけたゆるふわセミロングの女性だった。

「ごめんなさい。おしまいなんですが」小首をかしげて可愛らしい声を出す。

「いえ、患者じゃないんです。毒島さんはいらっしゃいますか」

「お知り合いですか。いますよ。中へどうぞ」

刑部《おさかべ》という名札をつけたその薬剤師は、にっこり笑ってドアをあけてくれた。

「毒島さん、お客様ですよ」

パソコンに向き合っていた毒島さんが顔をあげた。

「すみません。水尾です。お願いがあって来たんですが——」

爽太は恐縮しながら、ここまで来た事情を説明した。

「——それでその薬を売っていただけないかと思って来たわけなんですが」

「なくなったのはなんという薬ですか」毒島さんはマスクを外してから質問した。

「これです」スマートフォンで検索しておいた薬の写真を見せる。

「リンドロンDP軟膏。ステロイドですね」と毒島さん。

「はい。お子さんがアトピー性皮膚炎らしいんです」

母娘ともども困っているのでなんとかしてやりたい、と同情を乞うように頭を下げる。しかし毒島さんは表情を変えることなく、

「残念ですが、これは処方箋がないとお出し出来ません」と口にした。

「そこをなんとかなりませんか」

「残念ですがダメです。どんな事情があろうと、処方箋が必要な薬をそのまま出すわけにはいきません」

「あの、毒島さん」横で聞いていたゆるふわセミロングが口をはさんだ。

「使用期限切れが近くて、廃棄処分にする予定の在庫に、その薬があったと思いますけど」

刑部さんはカウンターを通って調剤室と書かれた部屋に入り、すぐに薬のチューブを持って出てきた。カウンターに置かれた薬のチューブには、たしかにリンドロンDP軟膏と書かれている。

「期限は今月末ですから、すぐに使えば問題ないと思います」

「いいんですか」と言いかけた爽太の声を、「刑部さん――」とたしなめる声が遮った。

「薬剤師として、そういう行動は間違っています。廃棄処分にするための薬を第三者に渡すなんてことが許されるはずはありません」

「でも、この人、困ってますよ」刑部さんは爽太の顔をちらと見る。

「それに、ディズニーランドを楽しみにしている女の子も可哀想ですし」

　刑部さんが天使に見える。しかし毒島さんは動じることなく、「薬剤師という仕事が医療の担い手の一員である以上、一時の感情で流されるべきではありません。どんなときでもルールは守らなければいけません」と毅然《きぜん》とした声で言う。

「そんな固いことを言わないでもいいじゃないですか。薬剤師倫理規定の第二条には、良心と愛情をもって職能の発揮に努める、と書いてもありますし」

「それは間違った良心と愛情です。だいたい今の話がどこまで本当かも、私たちにはわからないんですから」

「嘘じゃないです。本当に困っている女の子がいるんです」

　爽太が言うと、毒島さんはわかっていますというように頷いた。

「水尾さんの話を疑っているわけじゃありません。ただ困っている人がいるから、なんとかしてほしいと言われても、軽々に薬を渡すことは出来ないんです。ステロイドくらいで固いことを言うなと思うかもしれませんが、これが睡眠導入剤や向精神薬ならどうなります？　薬がないと眠れないし気分が落ち着かない、これではせっかくの旅行が台なしだ。そう言われても、処方箋もないままそんな薬を出すことは出来ません」

毒島さんは言うと、カウンターに置かれたリンドロンＤＰ軟膏を手に取った。

「そういう事情ですので、これをお渡しするわけにはいきません。医師の診察を受けて、処方箋をもらってください。それが私に出来る唯一のアドバイスです」

がっかりしたが、その気持ちを出さないように努力した。断られたからといって毒島さんを恨むのは筋違いだ。

「わかりました。我儘《わがまま》を言ってすみません」唇を噛みながら頭を下げた。

「念のために訊きますが、その女の子の症状はかなりひどいのですか」毒島さんが言った。「リンドロンＤＰ軟膏といえばステロイド外用薬で五ランクあるうち、二番目に強いⅡ群に該当するものですが」

「はっきりとわかりませんが、肌の一部が赤く爛《ただ》れて、血が滲んでいるように見えました。今は平気そうですが、薬を塗らないと痒みが強くなるとも言ってます」

「そうですか。せっかくですから、ひとつアドバイスがあります」

毒島さんは眉間にしわを作りながら、

「病院やクリニックを探すのに皮膚科にこだわる必要はありません。医師であれば基本的には、どんな処方箋でも書くことは可能です。土曜の夕方となれば、診療しているところは限られてくるでしょう。内科や外科の医師であっても、事情を話せば処方箋を書いてくれるかもしれません」

毒島さんの言葉に光明が見えた。

「それなら病院を探す幅も広がります。教えてくれてありがとうございます」

「とはいえ、基本的に医師は自分の専門外の処方箋を書くのは嫌がります。後になって問題が起きれば、責任問題になりかねないからです。それを念頭に入れて、まずは電話で訊くようにしてください」

光明は雲に閉ざされた。是沢クリニックの院長の横柄で居丈高な態度と物言いを思い出す。同じような態度の医者に、そんなことが出来るか、と怒鳴られたらたまらない。やはり簡単にいくことではなさそうだ。

「わかりました。色々とありがとうございます」

爽太は頭を下げると、どうめき薬局を出た。戻って美和子に話をするのは気が重かった。心当たりがありますと言っておきながら、結局は空手で帰る羽目になったのだ。前よりもひどく怒られるかもしれないし、罵られるかもしれない。しかし逃げるわけにはいかない。茜を皮膚科に連れていくしか、薬を手に入れる方法はないのなら、それを正直に告げることが自分の務めなのだと考えた。

# 4

「——水尾さん」

薬局を出て歩きかけたところで声をかけられた。振り返ると毒島さんが入口から顔を覗かせている。

「よろしければ、ご一緒しましょうか。仕事柄、アトピー性皮膚炎のお子さんの症状はある程度はわかります。前にアレルギー外来の病院の門前薬局で仕事をしていた経験もありますので、アドバイスくらいなら出来るかもしれません」

「いいんですか。でもお仕事があるのでは」爽太は口角があがりそうになるのをこらえて言った。

「もう終わりました。支度をするので少し待ってもらえますか」

毒島さんは薬局の中に姿を消した。数分後、黒いニットのセーターにゆったりした辛子色のパンツという格好で姿を現す。その服装にあらためて風花のことを思い出す。

「あの、前に風花で見かけたことがあるんですが、毒島さんは僕のことを覚えていないですよね」

肩を並べて歩きながら、そんな風に話しかけてみた。

「何のことですか」毒島さんは怪訝な顔をする。

爽太は、妊娠して退職する同僚にセントジョーンズワートのハーブティーを贈ろうとした二人の女性の話をした。

「あのとき、僕も隣の席にいたんです。まさかハーブティーにそんな危険があるとは知りませんでした。そんなことまで知っているなんて、薬剤師ってすごいんですね」

「ハーブは人に癒やしや安らぎを与えてくれますが、多量に用いたり、医薬品と併用すると健康に悪影響を与えることがあります。薬剤師ならその程度の知識を持つことは当然です」と毒島さんは当たり前のように言う。

会話が途切れた。会話のキャッチボールが続かない。沈黙が重い。えーと、話題、話題。爽太はとりあえず頭に浮かんだことを口にした。

「でもステロイドってすごいですね。塗ればアレルギー皮膚炎やアトピー性皮膚炎によく効いて、飲めば筋肉増強につながるなんて、ある意味最強の薬と言えるんじゃないですか」

「ステロイドを飲んでも筋肉増強にはつながりませんよ」毒島さんは足を止めることなく言葉を返す。

「でもメジャーリーグの選手やオリンピックの出場選手が、ステロイドを飲んで出場停止処分を受けたって話を聞きますよ」

「筋肉増強剤として使われるのはアナボリック・ステロイドであって、調剤薬局で処方されるステロイド外用薬とは別物です」

「えっ、そうなんですか。てっきり同じ種類の薬だと思っていました」爽太は驚いた。

「ステロイドというのは、共通した基本構造をもつ化合物の総称であって、特定の薬剤を指した言葉ではありません。ステロイド外用薬は糖質コルチコイド成分の副腎皮質ホルモンからなるステロイド。対してアナボリック・ステロイドは、男性ホルモンであるテストステロンの効力を改善するために合成されたステロイドです」

意味はまるでわからなかったが、それを言ったら会話が終わる。

「そうだったんですか。知りませんでした。でも効果がある分、副作用も強いんですよね。筋肉増強として使った場合は、死に至ることもあると聞いたことがあります」

と聞き齧《かじ》った知識で言葉を返した。

するとと毒島さんはため息をついて、あのですね、と声を少し大きくした。

「ステロイドには副作用があり、ときとして重大な症状を引き起こすことがあるというのは事実です。ただしその内容については、多くの場合、誇張されていて、誤解されています。筋肉増強のために医師の指導もないままに服用した際には死に至ることもありますし、治療のために内服薬や点滴として使用したときも、副作用が発症するケースはあります。しかし医師の管理監督下で、適正に使用すれば命にかかわる危険はありません。外用薬の場合も、にきび、多毛、皮膚炎などの副作用がありますが、あくまでも塗布された部分に限定されて、さらに使用を中止すればほとんどが治ります」

他に塗布した部分の皮膚が薄くなったり、毛細血管が浮き出てくるという副作用もあるそうだが、それも強い薬剤を長期にわたって使用した場合に限られるとのことだった。

問題が起こるのは、医師に相談することなく、勝手に他の部位に塗布したり、症状が治まったからと自己判断で使用を中止するケースに多いらしい。

こと話題が薬になると毒島さんはよく喋《しゃべ》る。話についていこうと必死に相槌《あいづち》を打っているうちに、いつのまにかホテルの前に着いていた。

残念なような、ほっとしたような気持ちで、「こちらからお願いします」と通用口から中に案内した。階段で三階にあがる途中で南さんとすれ違った。中野さんの指示で、各階のリネンの在庫を確認しているところだという。

「お薬の件、どうなりましたか」

心配そうに言いながら、後ろにいる毒島さんを不思議そうに見る。簡単に事情を説明する。

「わざわざ薬剤師さんに来ていただいたんですか」南さんは目をまるくした。「すみません。こちらのミスでご迷惑をおかけして。どうかよろしくお願いします」

自分が悪いわけでもないのに、南さんは丁寧に頭をさげる。

三〇五号室では、美和子が苛立ちを隠そうともしないで待っていた。なくなった薬をホテルの費用で弁償したいが、そのためには茜を皮膚科に連れて行く必要があることを爽太は率直に打ち明けた。しかし美和子は納得しなかった。

「この子はもともと体が強くないのよ。今から病院だ、薬局だって引っ張りまわしたら、疲れて、さらに熱があがるかもしれないじゃない」と頑として自分の考えを譲らない。

「話をさせてもらってもいいですか」後ろに控えていた毒島さんが切り出した。

「あなた誰?」美和子がきつい視線を毒島さんに送る。

「薬剤師です」と毒島さんが答える。

「薬剤師って、このホテルの薬剤師ってこと?」

「いいえ。近所の調剤薬局で働いている者です。お子様がアトピー性皮膚炎だと聞いて、何かのお役に立てないかと伺いました。ついては発症してから今までの流れを、ざっとでいいので聞かせてもらえませんか」

「お医者さんでもあるまいし、そんなこと訊いてどうするのよ」

「症状がわかれば、代替の薬をご提案出来るかとも思います」

毒島さんはどこまでも冷静だ。美和子は茜をちらりと見てから、「最初に症状が出たのは一歳を過ぎる頃だったかしら」と話をはじめた。

　首筋や耳の付け根、関節の内側に出来た湿疹は、市販の薬を塗ってもよくならず、病院に行くとアトピー性皮膚炎と診断された。命にかかわる病気ではないけれど、痒くて患部を掻き毟っては、体のあちこちを血だらけにする子供の様子は、親にすれば胸が痛む。それで病気のことをインターネットで調べて、評判のいいクリニックや病院をいくつも巡った。幼い頃は、ステロイド外用薬を使わない治療法を推奨するクリニックや病院を優先したが、症状は一進一退を繰り返し、さらに小学校に入ると、茜が自分の症状を気にするようになってきた。体育の授業で赤く血が滲んだ肌を人目にさらすことに、強い抵抗を覚えるようになったのだ。それで仕方なくステロイド外用薬を使用する近所のクリニックに通うようになった。とりあえず効果はあって、ここ数年は薬で症状を抑えることを続けている、と美和子は言った。

「なるほど。丁寧な説明をありがとうございます。それで今使っているリンドロンDP軟膏ですが、使いはじめたのはいつからですか」

「今年になってからよ。その前は同じリンドロンでもVG軟膏を使ってたわ」

「VG軟膏はⅢ群のストロング、それに対してDP軟膏はⅡ群のベリーストロングですね。薬が強くなったことについて、担当の先生からはどういう説明がありました？」

「指示通りに薬を塗っているのに、なかなか症状が良くならなくて、それを言ったら、もっと強い薬を試してみましょうか、と言われたの。できれば強いステロイドは使いたくないけど、この子の様子を見ているとそんなことも言ってられなくて。だから先生の提案を受け入れることにして、このリンドロンDP軟膏に変えたのよ」

いつのまにか美和子の口調は落ち着いたものになっている。毒島さんが薬剤師だということで信頼を得たためだろうか。

「次に薬の塗り方ですが、普段どうされているか教えてもらってもいいですか」

「別に特別なことはしていないけど」

「お手数ですが、普段のやり方を再現してもらってもいいですか」

美和子はナイトテーブルの上から保湿剤の瓶を手に取った。それから不安そうな顔の茜の横に行き、「薬剤師さんに見てもらうから、ちょっと背中を出してみて」と茜をうつぶせにして、着ている服をまくりあげた。背中や脇のあたりが、赤く爛れて血が滲んでいるのが一瞬見える。

爽太は後ろに下がると、そちらを見ないように背を向けた。背中越しに薬の塗り方を説明している美和子の声が聞こえる。毒島さんがうまく話をしてくれていることに感謝しつつ、それにしても薬はどこに行ったのだろう、と考えを巡らせた。

ナイトテーブルから屑籠に落ちたとしたら、部屋から出たゴミを探せば絶対に見つかるはずだ。それがないということは、忽然《こつぜん》と部屋から消えたことになる。美和子が不在の間、部屋に入ったのは客室係だけのはず。貴金属や現金なら盗難をも疑うべきところだが、物が物だけにその可能性はないだろう。

もしかして薬は部屋のどこかにあるのだろうか。美和子と茜に部屋を移動してもらい、もう一度部屋を探すことを考える。しかし今日は土曜日とあってツインの部屋は満室だ。馬場さんに頼んで部屋を調整してもらおうか。

思い悩んでいると、「そんなに塗るんですか」と驚く美和子の声が聞こえた。振り返ると、まくりあげた服をおろした茜の横で、美和子が目を吊り上げて、険しい声を出していた。

「ステロイドって危険な薬なんですよね。一度にそんな量を塗って、本当に平気なんですか」

しかし毒島さんは落ち着いていた。

「ワン・フィンガーチップ・ユニットという言葉をご存知ですか」

「何それ。知らないわ」

「ステロイド外用薬などを肌に塗るときの目安です。大人の人差し指の先端から第一関節までの分、薬をひねり出し、それを大人の掌ふたつ分に広げ患部に塗るのが適量とされています。ただし使用するチューブの口径の違いによって量が変わるので、それについては注意が必要ですが」

毒島さんは保湿剤を自分の掌に出しながら、およそ0・5gというのが一度に塗る目安になっています、と言い足した。

「こんなに塗るの？　今までこの半分くらいしか塗ってなかったわ」

「どんな薬であっても効果と副作用があります。大事なのは副作用で重篤な状態にならないように薬の使い方をコントロールすることです。ステロイドは内服薬と外用薬がありますが、服用に際して、重大な副作用が発生する可能性が高いのは内服薬の方です。外用薬については通常の使い方をしていれば、副作用が起こることは稀《まれ》ですし、仮に起こっても使用を中止すれば、ほぼ問題がない状態に回復します。使う側が必要以上にステロイドを怖がって、使用量を少なくすれば、期待された効果が得られずに、お医者さんはもっと強いステロイドを使ってみようと考えることでしょう。薬のレベルがあがることで、使う側はまた怖がって、さらに使う量を少なくする。そんな状況が重なると、いくらステロイドを塗っても症状が一向に回復しないで、使う薬ばかりが強くなるという悪循環につながります」

「じゃあ、茜の症状が回復しないで薬ばかりが強くなっていったのは、私のせいってことですか」美和子はショックを受けたような声で言う。

「誰のせいということはありません。とりあえず理解してほしいのは、ステロイド外用薬はそこまで危険な薬ではないということです。用法用量を守って使えば、きちんとした効果が得られます。その逆に無闇に怖がって中途半端な使い方をすると、治るものも治らずに、何度も症状がぶり返すことになります」毒島さんは穏やかな声でゆっくりと説明した。

「アトピー性皮膚炎は完治が難しい病気です。医療現場でも統一された治療方針が確立されておらず、専門の医師の間でもステロイドの使用や治療方法については温度差があるのが現状です。将来、画期的な治療方法が確立されれば、これまでのことがすべて否定される可能性だってあります。ここまでお母さまの話を聞いて、アトピー性皮膚炎の対処に根本的な問題があったとは思いません。だからお母さまがご自身を責める必要はありません。あまり神経質になりすぎず、もっとおおらかに病気と向き合うことも、ときには必要なことだと思います」

美和子は黙って聞いていたが、やがて深いため息をつくと、「そうだったんですか。お医者さんや薬剤師さんの話はよく聞いていたつもりだったんですが、根本的なところをよくわかっていなかったみたいです。色々と教えてくれてありがとうございます」と頭を下げた。

「これは私の仕事ですからお気になさらずに。そして、とりあえずここまでが前段です。次にこれから取るべき方法についての提案です」と毒島さんは話を続ける。

「ひとつはさきほど水尾さんが提案した、今やっている病院を探し、診察を受けて、処方箋をもらうという方法ですが、これにはお子様の体調の問題があるというお返事でしたよね。そこで私からは代替となる市販薬の購入を提案いたします。クルコートという薬ですが、ステロイド外用薬で、ステロイドとしては上から三番目の強さです。リンドロンＤＰ軟膏よりはランクが下ですが、とりあえず今夜と明日一日の使用であれば、大きな問題はないと思います。薬剤師のいるドラッグストアに行けば入手できますので、それを使用するのが、もっとも現実的な解決方法かと思いますが」

えっ、そんな薬があったのか。爽太は驚いて毒島さんの顔を見た。それならそうと教えてくれればいいのに、どうして今まで黙っていたのだろうか。

「クルコートですね。知っています。できればリンドロンを使いたかったのですが、こうなったら仕方ないですね。予備の薬を持ってこなかった私も悪いので、それでなんとか対処します」

あっさり頷く美和子に、爽太は思わず拍子抜けした。なんだ、それでいいのか、だったらこんな大騒ぎをする必要はなかったじゃないか。

しかしすぐに、いや、違う、と思い直した。薬剤師である毒島さんがわざわざ出向いて話をしてくれたから、美和子も納得してくれたのだ。自分がどれだけ話をしたところで、美和子は絶対に納得しなかったろう。もしかして毒島さんがわざわざホテルに来てくれたのは、それを考えてのことだったのか。爽太は感心しながら、足を前に踏み出した。

「ご理解いただきありがとうございます。今回のことはこちらのミスですので、その薬については、私どもが責任をもって購入して参ります」

「わかりました。お願いします」

美和子はあっさり頷いた。そして爽太の顔をあらためて見て、

「ごめんなさい。実はクルコートのことはすぐに頭に浮かんだんです。でもそれで納得したら、自分がこれまで茜のためにしてきたことが、すべて無駄になってしまうような気がしたもので……」と済まなそうに頭を下げた。

「それで病院には行かない、なくした薬を持ってきて、と無理難題を言ってしまったんです。まるでクレーマーですね。冷静になって考えると恥ずかしくなります。母親として、本当に茜のためを思うなら、クルコートを買うなり、皮膚科に行くなり、解決の道を探るべきだったのに」

美和子はハンカチを出して目に当てる。ベッドで寝ていた茜がごそごそと起き出し、その背中に寄り添った。

「ごめんね。お母さん、ずっと怒ってばかりで。そばで聞いていた茜も嫌だったよね」

美和子は娘の頭に手を伸ばす。さきほどまでの険しい顔が嘘のように、美和子の顔は穏やかになっている。茜もひしとその背中に抱きついている。本来は内気で控え目

な母娘《おやこ》なのだろう。

「せっかく遠いところを来てくれたのに騒がせてごめんね。明日はディズニーランドを楽しんで来てね」

爽太が声をかけると、「お兄さん、お姉さん、ありがとう」と茜は頷いた。

「そうだ。とっておきの穴場を教えてあげるよ」爽太は茜の持っていたガイドブックを借りると、ページをめくって指さした。

「ここと、ここ、それからここも。岩陰やタイルの中に秘密の隠れキャラがいるからね」

「本当に？　わあ、お兄さん、ありがとう」

喜んでペンで印をつける茜に手をふって部屋を出る。爽太はほっと息をつきながら、あらためて毒島さんに礼を言った。「ありがとうございました。本当に助かりました」

「とんでもないです。大事にならずに何よりでした」

毒島さんは事もなげに言う。誰もいない廊下で二人きり。今がチャンスと口を開いた。

「それで毒島さん、今までのお礼と言っては何ですが――」

しかしそれを遮るように、「ミズオさん」と廊下の反対側から声がした。

「大変なの。すぐに来て――」

小柄な女性が駆けてくる。リンさんだ。息を切らしながら、爽太の腕をぐいと摑《つか》んで引っ張った。

「ナカノさんとミナミさんが大変よ。飲み物に睡眠薬を入れたと言って、二人で喧嘩《けんか》を始めたの。お願いだからすぐに来て」

「飲み物に睡眠薬って、一体何のことですか」

「説明はあとあと。早く来て。ああ、そうだ。そっちの薬剤師さんも一緒にね。お願いだから早くして――」

爽太は毒島さんと顔を見合わせて、とりあえずリンさんに言われるままに一階に向かった。

5

客室係の控え室では中野さんと南さんが睨《にら》み合っていた。

「どうしたんですか」

「この人が水筒に睡眠薬を入れたのよ」

中野さんは蓋を取ったステンレス製の水筒を突き出した。ハーブティーを入れていたものだ。中を覗くと薄茶色の液体の中に、白い細かな欠片《かけら》が漂っているのが見える。

「何かありますね」

「砕いた睡眠薬よ。この人が中に入れたのよ」中野さんは憎々し気に南さんを見る。

「違います。中野さんの誤解です」

しかし南さんは否定する。これだけでは、何がどうなったのかわからない。いきりたつ中野さんをなだめて、なんとか話を聞き出した。

それによると、パートの従業員を帰宅させた後、二人は残った仕事を片付けていたそうだ。

中野さんは控え室で従業員の勤怠管理と来月分のシフト作成を行ない、南さんは各階の倉庫をまわって、リネンやアメニティの在庫管理を行なった。しばらくすると南さんが戻って来て、爽太が薬剤師だという女性と一緒に三〇五号室に行ったという話をした。なくなった薬の件で宿泊客と話をするのだろうと思い、仕事をしながら爽太からの連絡を待った。

途中で中野さんは洗面所に立った。五分ほどで控え室に戻ったが、そのとき冷蔵庫の前にかがみこんでいる南さんを見つけたそうだ。南さんは、中野さんの水筒を左手に持ち、右手を蓋にかけていたという。中野さんに気がつくと、慌ててそれを冷蔵庫に戻した。それで中野さんはぴんと来た。私の水筒に何をしたの、と中野さんは怒った。しかし南さんはそれを否定した。何もしてない、使い勝手がよさそうだと思って重さを確かめていただけだ、と主張した。嘘よ、嘘じゃないです、と言い合いをしているところに、ちょうどリンさんが戻って来たそうだ。

自分に話が及ぶとリンさんは言った。

「ワタシ、ロッカーに携帯電話を忘れました。戻ったら二人がケンカしている。止めようとしたけど中野さんは怒って、ワタシの話を聞いてくれない。そしたら南さんが、水尾さんを呼んできてと言いました」

薬剤師さんと一緒だから二人とも連れて来て、と言われてリンさんはその通りにしたそうだ。

「そうだったんですか。でもそれだけのことで睡眠薬を入れたとするのは、話が飛躍しすぎだと思いますが」

爽太は言ったが、中野さんは納得しない。

「それだけじゃないわ。そう思うだけの根拠があるのよ」と言い返す。

「最近、仕事が終わって帰る途中、いきなり睡魔に襲われることがよくあるのよ。地下鉄の座席でいつの間にか眠ってしまって、西船橋《にしふなばし》で降りるはずが、気がついたら終点まで行っていたことが何度かあるわ。これまでは一度だってそんなことはなかったのよ。どれだけ疲れていたって、西船橋に着いたらちゃんと起きられた。それが最近はおかしいの。気を失うように眠ってしまって、気がつくとまるで時間が飛んだみたいになっている」

「でもそれだけで睡眠薬と結びつけるのも無理がありますよ」

「テレビで見たのよ。仕事場でいじめられていた女性が、仕返しに皆で飲むウォーターサーバーの中に睡眠薬を入れた事件があったって。それを見て、もしかしたらと思ったの。仕事柄、私もみなに厳しく当たることがよくあるわ。現場責任者として当然だし、嫌われても仕方ないと思っているけれど、中にはそれを快く思っていない人もいるんでしょうね。それで南さんに相談したの。パートの中にそんなことをしそうな人がいれば、すぐに教えてちょうだいって」

「そうなんですか」

爽太が尋ねると、南さんは黙って頷いた。さきほど水筒に悪戯をする人がいると言っていたのはそのことか。

「それでいて結果はこの有り様よ。まさかこの人が犯人だとは思わなかったわ。信用していたのに、まさかこんなことをするなんて――」

怒りに満ちた目で中野さんは南さんを見る。

「私は何もしていません。全部中野さんの思い込みです。失礼ですが、加齢のせいか、あるいは何かの病気じゃないですか」と南さんは顔を赤くして言い返す。

「私はまだ五十にもなっていないし、体はいたって健康よ。去年の健康診断だって、何も異常はなかったのよ。いつも言っているでしょう。病気にかかるほど弱い人間じゃないのよ、この私は」

「病気にかかるのに強いとか弱いとか関係ないです。過信されずに、もっと謙虚になった方がいいと思います」

普段からは想像できないような毅然とした口調で南さんは言い返す。

「よく言うわね。あなたのせいで私は危うく死にかけたのよ。ホームで電車を待っているときにいきなり睡魔に襲われて、そのまま線路に落ちそうになったこともあるんだから。たまたま駅員さんがそばにいたから大事には至らなかったけど、そうじゃなかったら死んでいたかもしれないわ。あんたのしたことは殺人未遂よ。私は絶対に泣き寝入りはしないからね。警察に行って被害を訴えるわ。逮捕されるのを覚悟しておきなさい」

「落ち着いてください。中野さんは、南さんが水筒を手にしたところを見ただけで、何かを入れたところを見たわけではないですよね」

爽太が取りなすが、中野さんの怒りは収まらない。

「それだけ見れば十分よ。いつも私に叱られているから、仕返しでそんなことをしたのよ。この人、仕事の段取りが悪くて、いつもあたふたしているの。それにパートへの対応も落第点よ。ただ優しくするばかりで、叱ることが出来ないのよ。だからパートはつけあがるばかりだわ。それが続けば仕事の質が下がって、最後はお客さんのところにつけがいく。今回の薬がなくなった件だって、つまるところそれが原因じゃない。いい加減な気持ちで仕事をしているから、お客さんの私物をなくすのよ」

それはそうかもしれないが、しかし睡眠薬云々《うんぬん》の話とはまた別だろう。

「他にもこの人を疑う根拠はあるわ。この人、普段から変な薬を持ち歩いているの。仕事の合間にこっそり飲んでいるのを見たことがあるわ」

中野さんは冷たい視線を南さんに向ける。

「言いなさいよ。やましいことがなければ言えるでしょう。あなたがいつも飲んでいる、あの薬、レメディとかの話をしなさいよ」

レメディとは一体何だろう。爽太は南さんの顔を見たが、口を真っすぐ結んで何も言わない。すると横に控えていた毒島さんが、「それはホメオパシーのことですか」と言った。

またわからない言葉が出て来た。毒島さんと知り合ってから薬草や薬に関する本を色々読んだが、レメディとかホメオパシーなんて言葉は初めて聞いた。

「ホメオパシーって何ですか」毒島さんに訊いた。

「十九世紀のドイツに端を発する、現代医学とはまったく異なる治療術の体系です」と毒島さんは言った。

「特徴は〈同種のものが同種を治す〉という考え方です。植物や鉱物を希釈した液体を小さな砂糖の球にしみこませたレメディという物質を服用することで、服用者の自然治癒力をあげて、病気を治療することを目的としています。現代の医学界においては、実効性のない疑似療法と言われていますし、過去には国の機関が、医療関係者に治療で使用しないようにとの談話を出したこともあります。科学的に言えば、レメディとは毒にも薬にもならない物体、ただの砂糖の塊です。それを飲むことで偽薬効果《プラセボ》が期待できると主張する人もいますが、傾倒すると、現代医学の適切な治療を受けるタイミングを逃す可能性があるので、推奨するべきでないというのが、医療関係者の代表的な考えとなっています」

「よくご存知ですね」南さんが驚いたように息をついた。

「以前に勤めていた調剤薬局で、ホメオパシーに傾倒して、薬を飲みたくないと主張する患者さんがいたんです。ご家族が相談に来られたので、説得するためにホメオパシーに関する本を色々と読みました」

「ちょっと待ってよ。いきなり話に割り込んで！　あなたはどこの誰なのよ」

中野さんは不機嫌さを隠そうともしないで毒島さんを見る。

「近所の調剤薬局に勤める薬剤師の毒島さんです。三〇五号室の件で力を貸してもらいました」

爽太はすかさず口にした。しかしその言葉を受けて南さんが、「さすが薬剤師さんですね。何も知らないくせに悪口ばかり言う人とは違います」と中野さんを刺激するようなことを言う。

「何よ。喧嘩を売っているの！」案の定、中野さんが声を荒らげる。

「待ってください。お二人とも、そう喧嘩腰にならないで」

二人をなだめながら、今日の南さんは普段と様子が違うと爽太は思った。いつもなら唯々諾々として中野さんに従うばかりなのに、今日に限って、どうしてこう挑発するようなことを言うのだろうか。しかし毒島さんはそんな二人の様子は意に介さずに、

「失礼ですが、ホメオパシーに頼られているのですか」と南さんに質問した。

「昔のことで今は違います」と南さんはかぶりをふった。「過去には入れ込んだ時期もありました。でもはっきりした効果が得られないのでもうやめました。今は当時買い込んで残った物を、気分転換に口にする程度です」

「そうですか。それならいいですが」と毒島さんは中野さんに向き直る。

「ご挨拶が遅れました。どうめき薬局の薬剤師の毒島といいます。ホメオパシーの話はさておき、睡眠薬を混入した疑いがあると聞いては見過ごすわけにはいきません。その水筒を見せてもらってもいいですか」

「いいですよ。しっかり見てください」

中野さんは水筒を毒島さんに差し出した。毒島さんは蓋を取って中を覗く。

「浮き沈みをしている小さな欠片があるでしょう。睡眠薬の破片で間違いないです

よ」と中野さんが言う。

「どうでしょう」毒島さんは顔をあげた。「ピーナッツの欠片のようにも見えますが」

ピーナッツ？　爽太は中野さんの事務机に目をやった。開封済みの柿の種とピーナッツが入った菓子の袋が置いてある。

「ピーナッツを食べながらお茶を飲んだことで、欠片が水筒に交じったということはないですか」

「ありえません。私はピーナッツが嫌いで食べません。だからそこにもピーナッツだけが残っているはずです」

爽太は袋を確かめた。たしかにピーナッツだけが残っているようだ。一部が細かく砕かれているのが気にかかるが、中野さんの言葉に嘘はないようだ。

「絶対に睡眠薬ですよ。この人が砕いて混入したんです」

中野さんが言い立てたが、毒島さんは静かに首を横にふった。

「残念ですが、これだけではそうとも違うとも言えません」

中野さんは不満そうな顔をして、毒島さんの手から水筒を奪いとる。

「そうですか。仕方ないですね。それなら警察に連絡します」

「本気ですか」爽太は驚いた。

「私はこの件をうやむやにしたくないんです。なんといっても危うく死にかけたんですからね。やましいことがないと言うなら、南さんにも異論はないと思います」

中野さんは挑むような視線を南さんに向ける。南さんは少し怯《ひる》んだ顔をしながらも、

「構いません。でも警察を呼んで睡眠薬じゃなかったら、恥をかくのは中野さんの方ですよ」と言葉を返した。

「いいわよ。そこまで言うなら私だって覚悟があるわ。もしもこの水筒に睡眠薬が入っていなかったら仕事を辞めるわよ。こんな中途半端な気持ちのままで、仕事を続けていくなんて嫌だもの。とにかく白黒をつけたいの」

そういうことだから早く警察を呼んでください、と中野さんは爽太に向かって声を出す。

「待ってください。もっと冷静に考えましょうよ」

ホテルという場所柄、警察を呼ぶのはあまり好ましいことではない。しかも今日は土曜日でフロントは混雑している。しかしいきりたつ中野さんは納得しない。すると毒島さんが中野さんに声をかけた。

「警察を呼ぶのもいいですが、その前に、少し質問させてもらってもいいですか」

手にはスマートフォンを持っている。その画面をちらっと見てから、

「眠気に襲われるとのことですが、それはどういった感じですか。段々眠気が強くなり、うとうとしながら寝てしまうという感じですか。それともいきなり強い眠気に襲

われて、気がついたら寝てしまったという感じですか」

「それはいつもいきなりよ。突然逆らえないほどの眠気に襲われて、気がつくと自分が寝ていたことに気づくのよ」

「では、目を覚ますときはどうでしょう。自然に目が覚めますか。それとも誰かに起こされることで気がつきますか」

「他人に起こされたことはないわ。いつも自然と目が覚めるわよ」

「目覚めたときの体調はどうでしょう。頭が重かったり、吐き気がしたり、自分が何をしているのかわからないといったことはありますか」

「頭痛も吐き気もないわよ。目が覚めたときは、いつもすっきりしているわ」

「眠っている時間はどれくらいですか」

「三十分から四十分くらいね。長くても一時間を超えることはなかったわ」

「その状態になるのは、帰り道だけですか。朝や昼、あるいは自宅でくつろいでいるときに同じ症状が出ることはないですか」

その質問で、はじめて中野さんは答えるのを躊躇《ちゅうちょ》した。

「……ほとんどは帰り道で起こるけど」

「ほとんどというと、そうじゃないときもあるわけですか」

「いいじゃないの！　そんなこと！」中野さんはいきなり大声を出した。

「人のプライベートに立ち入るような質問をしないでよ！　それよりもあなた、いま症状って言ったわね。何よ、それ。まるで私が病気みたいな言い方じゃない」

「これは一薬剤師としての意見ですが、中野さんの経験している状態は、睡眠薬の影響とは思えません。改善したいと思うのであれば、警察に行くよりも専門医に相談をすることをお勧めします」

「私が病気だって言いたいの！」中野さんは目を吊り上げた。

「ふざけたことを言わないでよ。薬剤師なら、もっと人の気持ちを考えなさいよ。私は病気になるような弱い人間じゃないの。小さな頃から風邪ひとつ引いたことないのよ。病気なんてありえないわ！」

　中野さんはわめきたてたが、毒島さんが慌てることはなかった。

「薬が効く仕組みをご存知ですか。薬は食べ物と同様、食道と胃を通って小腸に行き、そこで吸収されて血液中に入ります。門脈から肝臓に入った薬はそこで代謝されて、その後に血流に乗って、体内を循環しながら患部に到達し、そこで効用を発揮するわけです。その後に腎臓で排泄物として処理されるわけですが、すべてが排泄されるまでには一定の時間がかかります。睡眠薬はその作用時間で四種類に分類されますが、一番効果の時間が短い超短時間型でも、血中半減期は二時間ほどです。つまり睡眠薬を摂取すれば、最低でも二時間から四時間は効果が持続するわけです」

「睡眠薬の説明なんて聞きたくないわ。あんたは一体何が言いたいのよ」

「結論を言えば、飲み物に睡眠薬を混入することで、一時間以内に目覚めるような眠気を催させることは不可能だということです」

「そんなの使う量を調整すれば、どうにだってなるじゃないの」

「そうはいきません。使用する量を少なくすれば、睡眠薬としての効果を十分に発揮できません。眠気は感じるが、眠るまでには至らないというのがせいぜいで、ホームでいきなり膝から崩れ落ちるような状態にはなりません。さらに従来の睡眠薬には、覚醒後のふらつきや、薬を飲んだあとに記憶がなくなる前向性健忘などの副作用がつきものです。いきなり強い眠気に襲われて、短時間の睡眠ののちに気分がすっきりして目が覚める。そんな睡眠薬が存在するなら、不眠に悩まされる患者さんはこぞってそれを買い求めるでしょう」

中野さんの状態を考えるに、睡眠薬を飲まされたことを疑うよりも、病気であることを疑うべきだと思います、と毒島さんは言葉を続けた。しかし中野さんは納得しない。

「そんなのただの知識でしょう。睡眠薬を実際に飲んだこともないくせに適当なことを言わないでよ」と言い返す。

するとと毒島さんは、「飲んだことはあります」と言葉を返した。

「昔、北海道の調剤薬局で仕事をしていたときに、気候や生活習慣の違いで眠れなくなったことがあって、そのときにせっかくだからと思って、色んな睡眠薬を試してみました。ベンゾジアゼピン系、非ベンゾジアゼピン系、バルビツール酸系、メラトニン受容体作動薬、オレキシン受容体拮抗薬と、マルシオンからダルビートまで四種類の薬をすべて飲んだことがあります。でも中野さんが悩まされたような状態になったことは一度だってありません」

中野さんは怯んだような顔になる。知識に裏打ちされた毒島さんの発言を前にして、お得意の持論では太刀打ちできないと気づいたようだった。

「でも、会社の定期健康診断では何も異常はなかったのよ」

「定期健康診断ですべての病気が判明するわけではありません。ナルコレプシーという病気をご存知ですか。別名、眠り病といって、日中に強烈な眠気に襲われて眠り込んでしまう病気です。一度の睡眠は二十分から三十分で、目覚めた後はすっきりするという症例も、中野さんの状態に似ています」

さきほどの質問は、その病気の症例に関するものです、と毒島さんはスマートフォンの画面を中野さんに見せた。

「私がその病気だって言いたいの？」

中野さんは顔を歪《ゆが》めた。口元の筋肉がピクピクと痙攣《けいれん》しているのは、自分の意見を否定された怒りか、あるいは自分が病気かもしれないという不安を覚えたせいか。

「それは私が判断することではありません。でも話を聞いている限りでは、早急に専門医に相談した方がいい事柄だとは思います」

「冗談じゃないわ。私がこんなになったのは、誰かに薬を飲まされたからよ。私は病人なんかじゃない。卑劣な犯罪の被害者よ」

中野さんは納得しなかった。すると毒島さんは、「わかりました。それではこうしませんか」と辛抱強く言葉を続けた。

「まずは病院に行って検査をする。そこで異常がないとわかったら、あらためてその水筒を持って警察に行く。そういうことではいかがでしょう」

「ダメよ。時間が経てば、睡眠薬の成分が消えてしまうかもしれないじゃない」

「薬の成分は、そのほとんどが肝臓の代謝酵素の働きで代謝されます。その酵素が存在しない状況では、仮に変質したとして、数日間で成分が消失することはありません」

「本当なの？」中野さんは疑うような顔をする。

「嘘なんかつきません」

「じゃあ、これは証拠になるわけね」中野さんは水筒を両手で握りしめた。

「ナルコレプシーには、突然眠くなる睡眠発作以外にも、睡眠麻痺や、入眠時幻覚といった症状もあるようです。夜眠りにつくときに、金縛り状態にあったり、うなされるような悪夢を見るという症状のようですが、これについて心当たりはないですか」

毒島さんの質問に、「ないわよ。そんなこと」と中野さんは答えたが、しかしその口調はどこか不安気だった。

「仮にナルコレプシーであったとしても、薬で治療は可能です。今は副作用の少なく、効果の高い中枢神経刺激薬があります。定期的に服用すれば、問題なく日常生活を送ることが出来ますよ。そのためにも早急に専門医を受診することをお勧めします。今は大きな問題がないようですが、さらに進行すると所構わず眠くなって、さらに危険な目に遭う可能性もありますから」

毒島さんの言葉に中野さんは黙り込んだ。ホームから転落しそうになったことを思い出しているのかもしれない。悔しそうに顔を歪めると、「わかったわよ。医者に行けばいいんでしょう。でも異常がなかったら、そのときはこの水筒を警察に持って行くからね――!」と南さんをにらみつけた。

「あなたには証人になってもらうから、そのつもりでいてちょうだいね」

爽太に向かって強い口調で言うと、水筒を持って、肩を怒らせ控え室を出て行った。

6

「すごいですね。一人で大騒ぎをして行っちゃいました」

中野さんがいなくなった控え室で爽太は思わず呟いた。

「あの人はいつもあんな感じです。ワタシはもう慣れました」

リンさんは笑いながら言ってから、「ああ、もうこんな時間、帰らなきゃ」と時計を見て大慌てで控え室を出て行った。

「リンさん、どうもありがとう」

南さんがその背中に声をかける。控え室には爽太と毒島さんと南さんの三人が残された。

「ありがとうございました。あらぬ疑いをかけられて困っていたので、話をしていただき本当に助かりました」南さんがあらたまって毒島さんに頭を下げる。

「気にしないでください。病気の疑いのある方に受診勧奨をすることも薬剤師の仕事の一部ですから」毒島さんは事もなげに言う。

「薬剤師さんの言葉だから、中野さんも聞いてくれたんだと思います。私だけだったら、本当に警察を呼んでいたかもしれません。他人の飲み物に睡眠薬を入れるなんてことを、私やパートさんがするはずないじゃないですか。でもあの人は本気でそれを疑っていたんです」と南さんはため息をつく。

「中野さんとは一緒に仕事をして長いんですか」と爽太は訊いた。

「もう七年目になりますか。悪い人ではないんですが、とにかく他人を信用しないので、一緒に仕事をしていても苦労することが多いです」

「――ひとつ訊いてもいいですか」毒島さんが遠慮がちに口を開く。

「なんでしょう」

「あの水筒には本当に何も入れていないんですか」

南さんはぎょっとした顔をした。

「どうしてそんなことを訊くんですか。やっぱり私を疑っているんですか」

「睡眠薬を入れたとは思っていません。でもあの欠片は気になりました。たとえばですが、砕いたピーナッツを入れることで、睡眠薬を混入したように見せかけたということはないですか」

毒島さんの言葉に南さんは黙り込む。爽太は困惑しながら口をはさんだ。

「どうして南さんがそんなことをするんです。そんなことをする理由はないですよ」

「理由はあります」と毒島さんは言った。

「どんな理由ですか」

「私たちがここに来た経緯を考えれば、おのずとその答えは出ると思います」

「僕たちがここに来たのは、リンさんが呼びに来たからですよね。リンさんは、南さんに呼んで来て、と言われたと言っていましたが」

「そうです。私たちは南さんに呼ばれてここに来ました。でもそれって変じゃないですか。睡眠薬の混入を疑って中野さんが騒ぎ出したとき、薬剤師がたまたまホテルにいた。それはあまりに出来過ぎた話だと思います。そこは逆に考えた方が話の筋が通ると思います」

「逆ってどういうことですか」

「薬剤師がクレーム対応のためにホテルに来ていることを知ったので、その機を狙って中野さんが異物混入で騒ぎ出すような芝居を南さんがしたということです」

「芝居って、まさか南さんが――」

「芝居といってもやることは簡単ですよ。扉をあけた冷蔵庫の前にいて、中野さんの水筒を手にしていればいいだけですから。砕いたピーナッツを混入したのは、それより前のことでしょうね。中野さんが部屋を出た後でそれをして、あとは戻って来るまで、冷蔵庫の前で待っていればいいだけの話です」

毒島さんをこの場に呼ぶために、わざと中野さんが騒ぎたてるような演出をしたということか。

「そうなんですか。南さん」爽太は恐る恐る問いかけた。

「……すみません」南さんは素直に頭を下げた。

「そこまで見抜かれたのなら、すべて言います。パートの誰かが水筒に睡眠薬を混入していると中野さんは本気で疑っていました。それで、誰がやっているのか探れと私に言ったんです」

「探れって、犯人を探せということですか」

「そうです。誰もそんなことはしていない、誤解だって言ったんですが、全然聞いてくれなくて……。なんとかしたいと思っていたところに、三〇五号室の騒ぎがあって、薬剤師さんが来ていると知りました。そのときに思いついたのが、薬剤師さんに話をしてもらうことでした。薬のプロにそんなことはあるはずないと言われれば、さすがに中野さんも納得するんじゃないかと思ったんです」

すみません、浅はかな考えで関係ない方にご迷惑をおかけしてしまって、と南さんは毒島さんに頭を下げた。

「私に謝る必要はないですが、ひとつ質問してもいいですか」

「何でしょう」南さんは怯えたように毒島さんを見る。

「ご家族かお知り合いに、完治の難しい病気にかかっている方はいらっしゃいますか」

南さんは、はっとした顔をしてから下を向いた。

「……子供に重い食物アレルギーがあります。卵や牛乳、小麦、それから果物や海産物の一部がダメで、食事にはかなり気を使っています」

「どうしてそんなことがわかるんですか」爽太は驚いて毒島さんに訊いた。

「さきほどホメオパシーに入れ込んでいたことがあると仰ってましたから。現代医学で完治が難しい病気にかかっている方ほど、代替医療、民間医療に入れ込む傾向があるようです。心情はお察ししますが、現代医学を否定する方向には行かないようにしてほしいのです。それで失礼を承知でそんなことを訊きました」

プライベートに立ち入って申し訳ありません、と毒島さんは頭を下げる。

「いいえ、そんな、大丈夫です」南さんは手をふった。

「仰る通り、子供の病気がわかって以来、病院の治療以外に色々な民間療法を試しました。ホメオパシーもその一部です。でも効き目がなかったので、もうやめました。さっき言った通り、買い込んだレメディがもったいないので、自分で気分転換として飲んでいるだけです。今は子供に舌下免疫療法を受けさせるかどうかを悩んでいます。一定の効果が見込める半面、命にかかわる危険もあるようなので――」

「そうですか。それならいいですが」毒島さんは安心したように頷いた。

「実は、私もレメディを飲んでみたことがあるんです。でもこれといった効き目はありませんでした。やはり非科学的な信仰だと思います」

「飲んだんですか？　レメディを」

爽太はまた驚いた。さっきは様々な種類の睡眠薬を試したとか言っていたし、どれだけチャレンジ精神旺盛なんだ。この人は。

「患者さんに正確な情報を伝えるためには、やはり自分で試してみることが一番だと思いますから。だから試せる薬は、出来る限り試してみるようにしています。まあ、そんなことが出来るのは一部の薬だけですが」

たしかにかかってもいない病気の薬を試すわけにはいかないだろうけれど。

「あの、単純な疑問なのですが、薬剤師という職業はそこまでする必要があるんですか」

根本的なことを訊いてみる。毒島さんは首を横にゆっくりふる。

「必要があるかと訊かれれば、ないと答えるしかないですね。あくまでも個人的なこだわりです。でもホメオパシーに関して言えば、自分で試したことで、自信を持って効果はないと患者さんに言えるようになりました。それと同時に、万にひとつの可能性を期待して、代替医療にすがる患者さんの気持ちが理解出来るようにもなりました。治療法の確立していない病気を患うことは、それが命にかかわる病気でなくても、苦しいことだと思います。しかし医療技術は日進月歩で進歩しています。だから治療薬が発明される日がくることを、決してあきらめないようにしてほしいのです」

「……はい。ありがとうございます」

毒島さんの言葉を嚙みしめるように聞いてから、南さんはゆっくりと頭を下げる。

「では、これで」

爽太と毒島さんは連れだって控え室を出た。

「でも、南さんの意図がよくわかりましたね。一緒に話を聞いていたのに、僕は何も気づくことが出来ませんでした」

控え室のドアを閉めた後で爽太は言った。

「水尾さんは当事者だから、戸惑いが先に立ったのだと思います。私は部外者だから客観的に物事を見られたというだけの話です」

「そんなことはないですよ。もし逆の立場であっても、僕にはわからなかったと思います。でもまだ疑問があります。南さんはどうしてそこまでのことをしたのでしょうか。中野さんに、犯人を探せと命令されて困っていたのだとしても、異物混入を装うのは、あまりにリスクが大きいと思います。警察を呼ばれて、大騒ぎになる可能性だってあったんですよ。もっと別の方法はなかったんでしょうか」

爽太の言葉に毒島さんはすっと目を細めた。

「薬剤師としての経験から思うことですが、自身やご家族が病気で苦しんでいる人ほど、他人の病気に敏感になって、自分のことのように心配する傾向があるようです。これは私の想像ですが、中野さんから突然眠くなるという話を聞いて、南さんはその症状がナルコレプシーに似ていると思ったのではないでしょうか。ナルコレプシーなら、薬を飲めば症状を改善できます。病院に行きさえすれば問題は解決できる。だからなんとしても病院に行かせたいと思ったのではないかと思います」

中野さんは自分が病気かもしれないということを頑なに認めようとしなかった。病気にかかることは自己責任だというような発言を、普段からまわりにしていたなら、それも当然のことだろう。

「でもだからってそこまでしますかね」

普段から中野さんのパワハラまがいの行動や暴言にさらされていたのだ。いい気味だと思いこそすれ、そこまで親身になって行動するとも思えなかった。それを言うと、毒島さんは不思議そうな顔をした。

「水尾さんなら南さんの気持ちがわかると思いましたが。だってご自身が刺激性皮膚炎で苦労した経験があったから、三〇五号室の母娘の件にあそこまで真剣になって、ウチの薬局まで助けを求めて来たわけですよね」

「えっ、いや、それは」

いきなり言われて言葉につまった。心の中を見抜かれたようで恥ずかしかった。

「――僕はホテルマンとして当然のことをしただけですよ」

照れ隠しに口にしてから、はっと気がついた。これは毒島さんが口にする台詞と同じだ。ということは毒島さんも自分と同じ気持ちでいるということか。クールに見えるが、毒島さんは患者さんの心情をいつも気にかけている人だったのか。

「あの、毒島さん」

爽太は言いかけた。今なら誘えると思い、食事に一緒に、と言いかけた。しかし背後からの声がそれを遮った。ふりかえると控え室のドアをあけて南さんが立っている。

「沢辺さんと電話がつながりました。薬のことなんですが、三〇五号室の屑籠の中にあったのを拾っておいて、報告するのを忘れていたと言っています。すみませんが、電話を代わってもらってもいいですか」南さんは走ってきて携帯電話を差し出した。

「すみません。屑籠の中に新しい薬のチューブがあるのを見つけたんですが、捨てた物か、落ちた物かわからなくて、後で報告しようと思っていて、それをすっかり忘れていました。薬はロッカーの制服のポケットに入っています。本当にごめんなさい。すぐに言えばよかったのに、早上がりをするのでバタバタしていて、報告を忘れて上がってしまいました。本当に、本当にごめんなさい――！」

「ありました。沢辺さんの言った通り、制服のポケットに入っていました」

控え室のロッカーを調べた南さんが薬のチューブを持って戻ってきた。間違いない。リンドロンDP軟膏と書いてある。未開封だ。

「よかったですね。これでクルコートを買いに行く必要もなくなりました」

それではこれで、と毒島さんは一礼して去っていく。

ごめんなさい、皆さんに迷惑をかけて、本当にごめんなさい、と謝り続ける沢辺さんを、大丈夫ですよ、お客様は全然怒っていませんから、と宥《なだ》めながら、爽太は毒島さんの後ろ姿をなす術もなく見送った。

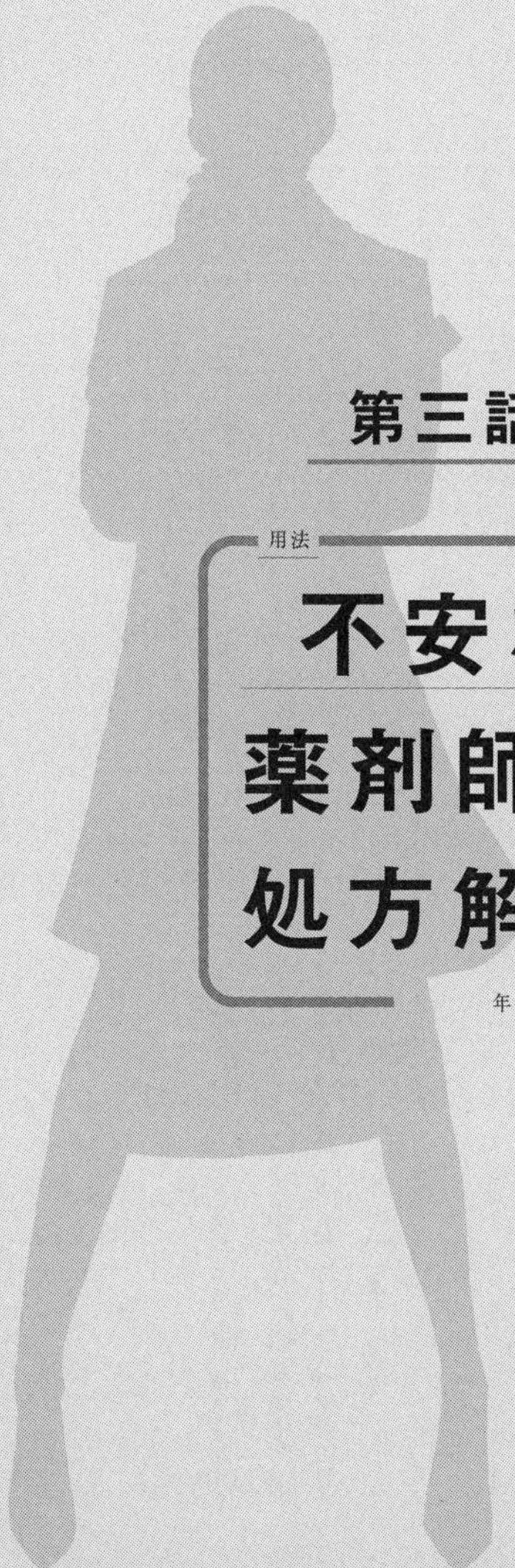

## 第三話

用法

# 不安な薬剤師の処方解析

年　月　日

# 1

水曜日の午後四時。夜勤を終えた爽太は風花にいた。

この店の窓際の席に座ると、道をはさんでどうめき薬局の入ったビルの通用口が見えるのだ。前に来たとき、爽太はその事実に気がついた。そこでその席に腰を落ち着けて、仕事を終えた毒島さんが出てくるのを待とうと考えたのだ。姿を見たら後を追いかけ、食事に誘うと決めていた。ストーカーめいた行動だという気もするが、本人の連絡先を知らない以上、こうするしか方法はないと割り切った。

窓際にテーブル席はふたつある。

片方には髪を七三分けにして、黒いサングラスをかけた中年男性が座っていた。テーブルに医師国家試験の受験参考書を積み上げて、一冊を熱心に読んでいる。

爽太はもう片方の席に座ると、鞄から本を数冊取り出した。どうめき薬局の平日の営業は八時までだ。最長なら四時間ほどここで待つことになる。ただ座っているのも能がないと思い、前もって図書館に行って薬に関する本を借りてきたのだ。通用口を視界の端に捉えながら、ページを開いて文字を追う。読みながら窓に目をやると舗道がいつのまにか濡れている。そういえば天気予報では夕方から雨になると言っていた。

薬学に関する本は専門的すぎてわからない。次に毒物や中毒に関する本を手に取った。万人向けなので読みやすい。覚醒剤《アンフェタミン》や大麻の項目を読んでいると、ふと視界の端を赤い物が動いた。

はっとして顔をあげた。通用口から出て来た人が赤い傘を広げて歩き出している。傘の陰になって顔はもちろん上半身もよく見えない。しかし背格好からして毒島さんである可能性が高そうだ。ここで行かれてしまっては、この席にいた意味がない。用意してあった小銭をテーブルに置くと、爽太は急いで風花を飛び出した。

人混みを縫うように赤い傘は駅に続く坂をおりていく。爽太は折り畳み傘を広げて後を追う。運よく交差点の信号が赤になり、赤い傘はその前で立ち止まる。爽太はさりげなく近づいて、その隣に肩を並べた。小さく息を吸ってから、「こんなところで会うなんて奇遇ですね」と声を出す。

赤い傘が傾き、女性の顔が現れる。

「……！」

別人だった。すみません、と言いかけた言葉をすんでのところで飲み込んだ。ゆるふわのセミロングに見覚えがある。

「……水尾さんでしたっけ」

刑部さんだった。

「なくなったお薬、見つかったそうでよかったですね」

邪気のない口調で言って微笑んだ。先週の土曜日のことを言っているのだろう。

「毒島さんのお陰で助かりました。本当にお礼の言葉もありません」爽太はすかさず頭を下げた。毒島さんと間違えて声をかけたことには気づかれてないようだ。このまま誤魔化し、立ち去ろう。

「もう仕事は終わりですか。早く帰れていいですね」

しかし刑部さんは「違うんですよ」と顔をしかめた。

「クレーム対応で、これから患者さんの自宅に行くところです」

「えっ、薬剤師さんもクレーム対応なんてするんですか」

爽太は大きな声を出していた。クレーム対応なんてことはサービス業に従事する人間がするものだと思っていたのだ。

「もちろんですよ。クレーム対応も薬剤師の日常業務の一環ですから」

「知りませんでした。どんなクレームがあるんですか」

好奇心からそんな質問が口をつく。

「様々ですね。これまで飲んでいたのと違う薬を出されたとか、お医者さんから言われた数と違うとかいうクレームはよくあります。こちらが間違えたのなら申し訳ないと思いますが、実はお医者さんが間違えていたり、あるいはお医者さんの話をちゃんと聞いていなかったことも多いんです。この前なんか、風邪で病院に行った患者さんにフェキソフェナジンを出したら、ご家族から電話があって、風邪で鼻水が出ているのに、どうしてアレルギーの薬を出すんだって怒られちゃいました」

あっ、フェキソフェナジンというのは一般名で、商品名はアレジラです、と刑部さんは言い添える。その名前は知っていた。男性アイドル歌手がテレビCMをやっている。

「風邪の鼻づまりでアレルギーの薬を飲んでもいいんですか」

爽太は素朴な疑問を口にした。

「もちろんですよ。風邪の諸症状は体に侵入したウィルスに対する免疫反応ですからね。軽度の症状であれば、アレジラのような抗ヒスタミン薬が有効です」

「なるほど。勉強になりました。それなら今度、風邪を引いたらアレジラを飲んでみます」

爽太が言うと、刑部さんは眉根をよせて、

「ダメですよ。勝手な判断はしないで医師や薬剤師に相談してください」と言った。

「ああ、そうか。わかりました。気をつけます」爽太は思わず頭を掻いた。

「患者さんがみな水尾さんのように聡明《そうめい》で素直だと楽なんですけど」

信号が青になって人の波が動き出す。刑部さんは意外とお喋り好きなようだった。

「さっきのクレームの人に同じ説明をしたんですが、なかなか納得してくれなくて……。いえ、納得してくれないというか、変なことを言われて困りました。アレルギーでもないのに薬を飲んで、それが原因でアレルギーになったらどうするんだって怒られました」

「えっ、どういう意味ですか」

話を切り上げるタイミングを見つけられず、一緒に歩きながら爽太は訊いた。アレルギーの薬を飲んでアレルギーになるなんて話は聞いたこともない。

「私にも意味がわかりません。どうやらその人、アレルギーの薬を飲むと、体がアレルギー体質になると本気で信じ込んでいるようでした。たぶん理屈じゃなくてイメージなんだと思います。薬の効果や副作用をイメージだけで判断した結果、そういう考えを持つようになったんだと思います」

言われてみると、なんとなく理解できた。

「ホメオパシーと同じですね。科学的には何の効果もないとされているのに、イメージだけで効果を信じる人がいる。今の話はその逆でイメージだけで薬を毛嫌いしている人がいるということですか」

爽太が頷くと、刑部さんは不思議そうな顔をした。

「ホメオパシーなんてよく知っていますね。もしかして毒島さんの影響ですか」

「えっ、いや、そういうわけじゃないですが」

「誤魔化さなくてもいいですよ。……あっ、もしかして」刑部さんは何かを思いつい
た顔になる。
「毒島さんと間違えて、私に声をかけたわけですか」
「えっ、いや、違います。そうじゃないですよ」
慌てて否定したが、刑部さんはふふんと鼻を鳴らすと、「誤魔化さなくてもいいで
すよ。全部、方波見さんに聞いて知ってます」とこともなげに言った。
説明を聞いて気が抜けた。ホテル・ミネルヴァのフロントの人が毒島さんに気があ
るみたいだから、訪ねてきたら優しくしてあげて、と方波見さんに言われていたらし
いのだ。コーヒーショップで方波見さんに声をかけたことも、爽太がどうめき薬局を
訪ねて直接お礼を言ったことも刑部さんは全部知っていた。
「そうだったんですか」
そう言ったところで自分がするべきだったことを思い出した。こうして刑部さんと
話している間に、毒島さんに帰宅されてしまっては意味がない。
「あの、すいません。僕はそろそろ――」と爽太は言いかけた。
「慌てなくても大丈夫です。私が戻るまで、毒島さんが帰ることはないですから」
爽太の考えを察したように刑部さんは言った。
「えっ、そうなんですか」と口にしてから、しまった、つい本音を言ってしまったと

ほぞを噛む。

「刑部さんはどこまで行くんですか」開き直って訊いてみる。

「四ツ谷《よつや》です」

四ツ谷はＪＲで飯田橋のふたつ先だ。

「今回はどんなクレームなんですか」

「それがひどいんですよ。ウチが薬を少なく出したから、足りない分をすぐに持って来いって言うんです。でもそんなはずはないんですよ。薬を渡すときは、患者さんの前できちんと数を確かめるようにしているんです。でも説明してもダメで、薬を家に持って来てとだけ言って電話を切っちゃったんです。折り返しの電話をかけても応答がなくて、それで仕方なく私が行くことになったんです」

刑部さんは改札の手前で立ち止まって話を続ける。

「それでこの雨の中、薬を届けに行くわけですか」

「それも違います。薬は持って来ていないんです」

「薬を持たずに行くんですか」と言ってから、あることを思いついた。

「もしかして毒島さんの指示ですか。処方箋のない薬を出せないことを説明してきなさい、と言われたとか」

爽太の言葉に刑部さんは苦笑いのような表情を浮かべた。

「半分だけ正解です。今回はもうひとつ指示を受けました」

もうひとつの指示とは何だろう。それを訊こうとしたところで、「私そろそろ行かないと」と刑部さんは言った。駅のデジタル時計は五時三十分を表示している。

「ああ、そうか。すみません」

「それとも途中まで一緒に行きますか」

「僕が行ってもいいんですか」

「私は別に構いませんけど」

「わかりました。じゃあ、行きます」

これ幸いと刑部さんに続いて改札をくぐる。うまく話を振って毒島さんの情報を聞き出そう。そんなことを考えていると、「是沢クリニックで誤診をされたそうですね」と刑部さんが訊いてきた。

「はい。そうです。それも方波見さんから聞いたんですか」

「とりあえずさわりだけ聞きました。あそこ評判が悪いんですよ。何があったかを訊いてもいいですか」

ホームで電車を待つ間にその話をした。話が終わると、「あそこはいつもそうなんですよ」と刑部さんは顔をしかめた。

「あの院長は最悪です。偉そうで、威張ってて、疑義照会をしても、薬剤師は余計な口を出さずに黙って薬を出してりゃいいんだって態度がありありなんです。本当にあそこの処方箋を扱うのは嫌になりますよ」

刑部さんは憤懣《ふんまん》やるかたないという口調で言い募る。またわからない言葉が出てきたので訊いてみた。

「疑義照会って何ですか」

「処方箋に疑わしい点があるとき、発行した医師に問い合わせをすることです。法律で決められていて、それをしないと調剤してはいけないんですよ」と刑部さんは教えてくれた。

「そんな法律があるんですか。でも是沢院長の処方箋はそんなに間違いが多いんですか」

「多いですね。でもそれはそうだと思いますよ。一人であれだけの多くの科目の患者さんを診ているんですから。内科以外の薬のことはほとんどわかってないと思います。もっともうちに処方箋がまわってくることはあまりないんです。近くに別の調剤薬局があって、そちらに行く人が多いみたいです」

そこで爽太はあることに気がついた。

「もしかして是沢クリニックの処方箋を持って行ったから、毒島さんは自分を気にして声をかけてくれたんでしょうか」

「その可能性はありますね。毒島さん、是沢院長を嫌っていますから。志がなくて、金儲けにしか興味のない医者だって、いつも文句を言ってます。というか、まわりであの院長を好きな人はいませんけどね。クリニックで働く看護師さんや事務さんたちも、陰では俺様院長って渾名《あだな》で呼んでいるようですし」

言い得て妙な渾名だった。ホームに電車が入ってきた。いいタイミングだと思い、爽太は話題を変えた。

「ところで刑部さんはどうめき薬局に勤めて長いんですか」一緒に電車に乗り込みながら訊いてみる。

「まだ半年です。去年、大学を卒業して、大手の調剤薬局に入社したんですけど、色々あって、この春に転職したんです」

薬学部は六年制だ。去年、大学を卒業したということは、浪人や留年をしていなければ、刑部さんは今年で二十六歳になる計算だ。

「毒島さんはその前からどうめき薬局にいたわけですか」

「そうですけど、毒島さんもそんなに長くはないですよ。今年の初めからなので、私より三か月だけ先輩です。年は三つ上ですけどね」

「意外ですね。もっと長くいるような感じがしますけど」

ということは、毒島さんは今年で二十九歳になるわけだ。「やっぱり毒島さんのことが気になりますか」刑部さんがふいに笑った。

「いや、そういうわけではないですが」

「なんだったら毒島さんのことをもっと教えてあげてもいいですよ」

何と答えていいのかわからない。刑部さんは窓の外に目をやって、「あっ、もう四ツ谷ですよ」と言った。ホームに着くや、刑部さんはさっさと電車を降りて歩き出す。遅れないように爽太も慌てて後を追った。人混みに流されるように階段を上る。刑部さんは周囲を見まわした。駅の構内は帰宅する学生や会社員でごった返している。

「あそこでお茶をしませんか」道路沿いにあるコーヒー店の看板を指さした。

「でもクレーム対応があるのでは」

「六時から六時半の間に来てくれ、と相手の方に言われているんです」

時計を見ると五時四十分になったところだ。

「早めに出て、どこかで時間調整をするつもりだったんです。さぼりとかそういうことではないですよ」

「わかりました。じゃあ、お茶をしましょうか」

「あともうひとつお願いが」刑部さんは爽太に向かって拝むように手を合わせた。

「その後で、患者さんの家まで一緒に来てもらってもいいですか」

「僕がですか」意外な申し出に爽太は困惑した。

「事情が事情なだけに、一人で行くのが怖いんです。正直なところ、水尾さんに声をかけてもらってラッキーと思いました」

「行くのは構いませんが、でも僕が行ってもいいんですか」

「大丈夫ですよ。土曜日は毒島さんがホテルに行ったじゃないですか。それの逆パターンだと思えば、何の問題もありません」

いや、全然違うと思いますが、と言いかけて、「わかりました」と爽太は頷いた。

2

「毒島さんを一言で言えば薬オタクですね。本人は否定しますけど、私からすればそれ以外に表現する言葉は思い浮かびません」

刑部さんはきっぱりと言った。会社員や学生で混み合うコーヒーショップのカウンター、刑部さんの前にはロイヤルミルクティーが湯気を立てている。

「やっぱり同じ薬剤師の目で見ても、毒島さんは特殊なんですね」

「申し訳ないですが、薬剤師というくくりだけで一緒にされると困ります。あっ、でも毒島さんを馬鹿にしているわけではないですよ。その逆で、とても真似できないというリスペクトを半分だけは込めています」

半分は逆の感情と言うことか。

「真似できないというのは、薬の効き目を自ら試すような行動をするところですか」

睡眠薬やホメオパシーを試してみたという話を思い出して、爽太は訊いた。

「そうです。普通はそこまではしませんよ。それ以外にも毒島さんの薬に対する入れ込み方はすごいです。四六時中、薬のことを考えています。いえ、薬だけじゃありません。スパイスやハーブのみならず、観葉植物や道端の草木まで、その成分や効能、副作用に興味をもっているような節もありますね」

セントジョーンズワートのことを思い出す。

「すごいですね。でも本人は薬オタクと言われると否定するわけですか」

「真顔で否定されました。オタクというのは、趣味として自分の好きな事柄に入れ込んでいる人の総称であり、自分は趣味として薬に興味を抱いているわけじゃない、というのがその理由です」

「ということは薬オタクではなく、仕事中毒のような感じでしょうか」

「仕事以外の私生活も真面目ですけどね。恋人がいるような気配もないですし、成人して以来、選挙には欠かさず行っていると言ってました。私が一度も行ったことがないと言ったら、信じられないという顔をされました」

はあ、選挙。イメージは湧かないが、やはり根本的に真面目ということか。それにしてもやはり恋人はいないのか。それを聞いて、とりあえずほっとした。

しかし刑部さんの次の言葉に、爽太は飛び上がるほどに驚いた。

「ああ見えて、大学時代にはミスコンの準グランプリになったこともあるわけですから、その気になれば恋人なんていくらでも作れると思うんですけれど」

ミスコンの準グランプリとはどういうことだろう。聞き間違いかと思ったが、それを問うと刑部さんは驚いた顔をした。

「あれ、方波見さんから聞いてないですか」

「……聞いてないです」

たしかに顔立ちは整っているが、化粧気がなく、服装や髪形も地味で、そう言われてもにわかには信じられない。

「毒島さんは多摩薬科大学を卒業しているんですけれど、方波見さんがたまたまそこのホームページを見ていて過去の記事で見つけたんです」

刑部さんはスマートフォンを取り出すと、そのページを検索して爽太に見せた。

大学祭で開催されたミスコンテストの歴代の入賞者を掲載したページだった。

『二〇××年のミスコンは例年にないハイレベルな戦いとなりました。準グランプリに輝いたのは、薬学部三年の毒島花織《かおり》さんです』

そこに掲載されている写真を見て驚いた。肩の出た白いドレスに、ミス多摩薬科大学準グランプリと書かれたタスキをかけて、にっこりとほほ笑む若い女性は、間違いなく毒島さんだったのだ。眉は細く整えられて、目の縁にははっきりと濃いアイラインが引かれている。頬はチークでほんのり赤く染まり、唇は控えめなピンク色。すらりとしたプロポーションと合わせてその容姿は、ミスコンの準グランプリにふさわしいものだった。

「信じられません。あの毒島さんにこんな過去があるなんて」

「でも本人は、頑なに認めようとはしないんですよ。この写真を見せて、これは毒島さんですよねと言っても、知りません、の一点張りです。どうやら本人は隠したい過去、黒歴史だと思っているようですね」

「ミスコンの入賞が黒歴史って、どういうことですか」

わけがわからず爽太は訊いた。普通であれば誇らしく、自慢したい過去だと思うけど。

「それは私の方が訊きたいですよ。だから理由は水尾さんが探ってください。仲良くなればきっと話してもらえると思います。だから頑張って聞き出して、後でその理由をこっそり教えてくださいよ」

刑部さんは悪戯っぽく笑ってから、壁の時計に目をやった。

「あっ、いけない、そろそろ行かないと」

時計の針は六時を過ぎている。

「わかりました。行きましょう」

爽太は手をつけていなかったコーヒーを一気に飲み干した。

3

コーヒーショップを出ると雨はやんでいた。大通りを離れ、細い道を進む。煤《すす》けたような板塀の横を曲がって細い路地に入ると、街路灯が少ないせいか、いきなり闇が濃くなる印象があった。手入れをされていない生垣が、道路をふさぐように枝を伸ばしている。そこは人が住んでいる気配が感じられない古びた住宅地だった。

「ところでどうめき薬局って男の薬剤師さんはいないんですか」爽太はそんなことを訊いてみた。

「いないんですよ。常駐の薬剤師は、私と方波見さんと毒島さんの三人だけです。あとはパートと派遣の人で賄ってます。社長も薬剤師免許を持っていますけど、よほどのことがない限りお店に出ることはないですね」

「女性だけだとクレーム対応も大変ですよね。でもどうめき薬局というのも変わった名前ですけど」

「社長の苗字が百目鬼《どうめき》というんですよ。珍しい苗字のせいで子供の頃にいじめられた経験があるとかで、薬剤師も珍しい苗字の人を優先的に採っているらしいです」

「はあ、なるほど。それで方波見と刑部と毒島ですか」

とりとめのない話をしながら路地を歩く。しばらく歩くと林《はやし》と表札の出た一軒家の前に出た。古びてはいるが、門構えも大きく、裕福そうな家だった。門に扉はついていない。踏み石を歩いて母屋に向かう。玄関に着くと刑部さんがインターホンを押した。ブザーが鳴った気配はあるが応答する声は聞こえない。

「おかしいな。言われた通りの時間なのに」

時計の針は六時十五分を指している。二度三度とインターホンを押したが結果は同じだった。

「どうしますか」

「待つしかないですね」

踏み石を辿《たど》って門の外に出る。日は暮れてあたりは闇に包まれている。通りを歩く人影はなく、軒を並べているのは同じように古びてくすんだ雰囲気のある家ばかりだった。

「つかぬことをお訊きしますが、その林さんという方は高齢の方ですか」かすかな不安を覚えて爽太は訊いた。

「七十代の女性です。ウチの薬局にずっと通っている方で、普段は物静かな方なんですが、今日に限って様子がおかしかったんです。すごい剣幕で、『林だけど、この前もらった薬が足りなかったのよ。悪いけどすぐに持って来てちょうだい』って一方的にまくしたてられて」

刑部さんは吹く風に身をこわばらせながらクレームの内容を説明してくれた。

林さんからのクレームを受けて、刑部さんはすぐにレセプト管理用のパソコン——通称レセコンで投薬の記録を調べた。三週間前に不整脈や高血圧の薬が複数出されていた。そのうちの一種類の薬が足りない、と林さんは言ったのだ。

「こちらの記録では、正しい分量をお出ししたことになっていますが」と刑部さんは林さんに答えた。

「そんなことは知らないわよ。現に薬は足りないんだから」

「恐れ入りますが、もう一度、確認していただけないでしょうか」

「なによ。私が間違えたって言いたいの？　この薬はずっと飲んでいるから、間違えたりしないわよ」林さんの口調に怒気が混じる。

「どこかにしまい忘れたということは？」

「薬くらい自分でちゃんと管理しているわよ。それとも私が耄碌《もうろく》して、自分でなくしておきながら、そっちのせいにしているって言いたいの！」

「いえ、そういうことではないですが、もしもということが」

「もういいわ！　いいから早く持って来なさいよ。薬を飲めなくて具合が悪くなったら、あんたのところの責任だからね！　これから出かける用事があるから六時から六時半の間に必ず持って来て。毎日、その時間に薬を飲んでいるんだから絶対よ！　もし遅れたら、あそこの調剤薬局は不親切で、いい加減だって保健所に言いつけてやるから覚悟しなさいよ！」

　ガチャンと音がして電話は切れた。これまでもクレームの電話を受けたことはあるが、ここまで頭ごなしに言われたのははじめてだった。

　すぐにその電話の内容を方波見さんと毒島さんに報告した。三週間前に投薬をしたのは方波見さんだ。年を取ると自然と物忘れは起こるし、高齢で一人暮らしの患者さんの中には、自覚がないままに認知症を患っているケースもある。しかし方波見さんはその可能性を否定した。

「話をした限りでは、そういう感じはなかったわね。何種類もの薬を飲まないといけないから、間違えないように工夫していると言っていたわ。家に帰ると薬をシートごと切り離して、日にちと時間を書いた透明なポケットに入れておくんですって」

　レセコンを操作して、過去の薬歴を辿っていた毒島さんが、過去にも同じようなことがあったようですね、と呟いた。

「一年ほど前に薬の数を間違えて出したことがあったようです。そのときはこちらの手違いだったので、足りない分をその日のうちに自宅に届けています。そのことがあったので、今度もウチのミスだと思い込んだのかもしれません」

管理薬剤師である方波見さんが、林さんの自宅に電話をした。しかし留守電に切り替わって応答はない。用事があると言ってたから、外出しているのかもしれない。それで三人でどうするべきかを相談した。薬局のミスでない以上、処方箋もなく薬を出すわけにはいかない。しかし事情が事情なだけに無視も出来ない。それで電話を受けた刑部さんが自宅まで説明に行くことになったのだ。

「そういう事情ですか。でもそれなら時間になっても応答しないというのは変ですよね」

刑部さんの話を聞き終わり、爽太は周囲を見まわした。あたりはひっそり静まり返っていて、歩いている人影も見当たらない。時計を見るとすでに六時二十分を過ぎている。

「林さんは一人暮らしですか」

「方波見さんが聞いたところではそのようですね」

「複数の薬を飲んでいるということでしたが、どんな病気を患っているんでしょう」

「それは個人情報なので言えません。というか、私たちも病名は知らないんです」

「え？　薬を出しているのに病名を知らないんですか」

言葉の意味を測りかねて、爽太は刑部さんを見た。

「処方箋に診断名は書いてありませんから。院内処方なら情報が医師からまわってくるようですが、院外処方の場合、患者さんに直接確かめるしか、それを知る方法はありません」と刑部さんは肩をすくめて説明した。

是沢クリニックからもらった処方箋を思い出す。たしかに薬の名前と分量が書かれているだけで、病名はどこにも書かれていなかった。それでも爽太は、処方箋を薬剤師に出すのが恥ずかしかった。薬の名前を見れば、それが水虫の薬だとわかると思ったせいだ。

しかしそれを言うと刑部さんは首を横にふった。

「薬から診断名を当てることは難しいですよ。たとえばアスサットという薬の主成分はラノコナゾールですが、これには抗真菌作用があり、用途としては白癬菌、カンジダ症、癜風《でんぷう》などの治療に処方されます。つまりその処方箋を見て、真菌性の病気にかかったことはわかりますが、それが白癬菌なのか、カンジダ症なのか、癜風なのかは、患者さんに聞かない限りはわからないんです」

目から鱗《うろこ》が落ちるとはこのことだ。よく考えてみれば当たり前だが、思い込みというのは奇妙なもので、処方箋を見れば薬剤師にはそれがわかると思っていたのだ。

それを言うと、刑部さんはさらに大げさに肩をすくめた。

「魔法使いじゃあるまいし、そんなことは不可能ですよ。世の中にどれだけの病気があると思っているんですか。内科、外科、小児科、泌尿器科、皮膚科、耳鼻科、精神科、整形外科、歯科——医師はそれぞれに専門の分野がありますが、薬剤師は一人ですべてを賄っているんですよ」

薬剤師の仕事とは、様々な分野の薬の相互作用や禁忌を把握して、その患者さんに沿った注意事項やアドバイスを与えることだ、と刑部さんは教えてくれた。知識を蓄え、経験を積む中で、処方箋を見ただけで病名のみならず、医師がどういう理由でその薬を出したのかを推測する能力が育まれてくるそうだ。

それを聞いて、毒島さんが優れた洞察力を持っている理由がわかった。薬剤師という職務に就くことで日々、推理する力が磨かれていたわけだ。処方箋から病名を推理するなんて探偵みたいで恰好いい。しかしそこで、待てよ、と考えた。

「あの、推理しなくても、患者さんに訊いたり、医者に問い合わせれば、一発でわかることじゃないですか」

「それが出来れば楽ですよ」刑部さんはやれやれという風に手を広げる。

「薬剤師がそれを質問すると、嫌な顔をする患者さんがいるわけです。医者に一から十まで説明してきたのに、どうしてまた同じ説明をここでしなければいけないんだって、怒り出す人だっているくらいです」

言われてみると心当たりがある。病院に行った後で、また調剤薬局に行くことがそもそも面倒なことなのだ。

「じゃあ、処方箋を書いた医者に直接訊くのはどうなんですか」

「お医者さんからすれば、次の患者さんが待っているので、余計な時間を取られたくないという事情があるんです。処方箋に不備があって、疑義照会をしただけでも嫌な顔をされるんですよ。処方箋が来るたびに、患者さんがどんな状態で、この処方箋にはどんな意図があるんですか、と訊くことなんかできません」

是沢院長の顔が思い浮かぶ。なるほど。そんなことを訊いたら、頭ごなしに怒鳴られそうだ。それでいて、患者に病名を訊いたら訊いたで嫌な顔をされるのか。

「それなら処方箋に病名を書くとかすればいいのでは」

「個人情報の問題があるので難しいようですね」

しかし薬を処方してもらうに当たって、薬剤師が正しい病名を知らないとは驚きだった。薬剤師の能力次第で、適切なアドバイスをもらえるかどうかが決まるということになる。つまりは医師のみならず、薬剤師にも当たり外れがあるということか。

「ということは、僕は毒島さんが担当してくれて幸運だったわけですね。もし別の人に当たっていれば、いまだに是沢クリニックに通って、効かない薬を塗り続けていた可能性もあるわけか」

そう言ってから、はっとした。聞きようによっては他の薬剤師に対する嫌味にも聞こえる。横目で見ると、案の定、刑部さんはムッとした顔をしていた。

「そうですね。たしかに私が担当していたら、そんなことには気がつかなかったかもしれません」と口を尖らせる。

「いや、そうじゃなくて、僕が言いたかったのは——」と口にして、そこで大事なことを思い出した。そうだ。自分が本当にしたかった話は別にある。

「すみません。話がそれました。僕が林さんの病名を訊いたのは理由があります。応答がないのは、家の中で倒れている可能性があるのでは、と思ったんです」

「倒れたって、どうして。……あっ、薬がなかったせいですか」刑部さんはぎょっとした顔をする。

「家に呼びつけておいて、インターホンを鳴らしても出ないのはおかしいですよ。それでさっき林さんの病名のことを訊いたんです」

　薬剤師は患者の病名を知らない、と聞いてすっかり話がそれてしまったのだ。

「だって夕方に飲むから六時から六時半の間に持って来て、と言われたんですよ。いくらなんでも倒れるのが早すぎますよ」

「でも、もしもということもありますよ」

　刑部さんはぎゅっと唇を噛んでから、身を翻して母屋に向かった。爽太も急いで後を追う。刑部さんは再びインターホンを押したが、応答する声はない。

「林さんが足りないと言っていたのは不整脈を抑える薬なんです。ずっと飲んでいないとすれば命に関わる危険があります」

どうしよう、と言いながら、刑部さんは続けざまにインターホンを押した。

「救急車を呼んだ方がいいでしょうか」

かなり慌てているようだ。当事者でないだけ、まだ爽太は冷静だった。

「まずはどうめき薬局に電話して、毒島さんに指示を仰いではどうですか」

「ああ、そうですね。そうしましょう」

刑部さんはスマートフォンを取り出し、あれ、と呟き、手を止めた。

「二十分ほど前に薬局からの電話があったようです。サイレントにしていたから気づかなかったけど、もしかして林さんから連絡があったのかな――」

刑部さんがスマートフォンを操作しようとしたときだった。

突然、林さんの家のドアが開いて、「うるせえぞ！　お前ら、人の家の前で何を騒いでいやがるんだよ！」と怒鳴る声がした。

男がドアノブを握って立っている。二十歳前後の刺繍《ししゅう》入りの黒いジャージを着た男だった。目つきが悪く、鼻にピアスを入れている。

「何度もブザーを押しやがって！　こんなもの一度押せばわかるんだよ！　ちっとは

迷惑ってもんを考えろ！」

　突然のことに刑部さんは完全に固まっている。「あ、あの、私」舌がもつれたようで言葉が出てこない。

「なんだ、お前ら！　用があるなら早く言え！」男はさらに大声を出す。

「あの、私はどうめき薬局から来た薬剤師です。林《はやし》マキ子さんにお会いしたいのですが」刑部さんがかすれた声で言う。

「薬局？　ああ、そういえば薬を持って来るとか言ってたな。わかった。渡してやるよ。ここに出しな」男はごつい金の指輪がはまった大きな手を差し出した。

「いえ、薬を持って来たわけではありません。お話がしたくて来たのです」

「なんだ。そりゃ。話なら電話ですればいいだろうが」

「したんです。でも応答がなかったので、こうして伺った次第です」

「しょうがねえな。それなら俺から伝えてやるよ。その話というのを言ってみな」

「いえ、それは」刑部さんは困ったように首を縮める。「大事な話なので、直接ご本人にしたいのですが」

「婆さんは寝てる。俺は孫だ」

　男はズボンの尻ポケットから鎖のついた長財布を取り出し、運転免許証を抜き出した。刑部さんに突きつける。林直樹《なおき》という名前が爽太にも見えた。顔写真も男の顔立ちと合っている。

「オレオレ詐欺なんかじゃねえぞ。本物の孫だ。そういうことだから、その用件ってやつを言ってみな」男は免許証を財布にしまった。

「すみませんが、そういうわけにはいきません。大事なことなので、どうしてもご本人に会って話をしたいんです」刑部さんの声は心なしか震えている。

「寝ている婆さんを起こせって言うのかよ。それはダメだ。断る。まあ、言いたくないならそれでもいいさ。婆さんには薬剤師が来たってことは伝えておいてやる」

吐き捨てるように言うと、男はそのままドアをばたんと閉めた。止める暇もなかった。玄関の前で爽太と刑部さんは呆然《ぼうぜん》として顔を見合わせた。「どうしましょう」途方に暮れたように刑部さんが言う。

「とりあえず薬局に電話してみますか」

「いえ……。いないならともかく、いるならとりあえず本人に会わないと」

刑部さんは再びインターホンに手を伸ばし、続けざまにボタンを押した。

「またあの男が出て来て怒鳴られますよ」

爽太ははらはらしたが、刑部さんは躊躇しなかった。

「だって時間を指定しておいて、寝ているなんておかしいですよ。何か理由があるんだと思います。それが薬のせいだとしたら、放っておくわけにはいきません」

どうやら見かけ以上に責任感があって、腹も据わっているようだ。十回ほどインターホンを押すと、男が再びすごい勢いで扉をあけた。

「てめえら、いい加減にしておけよ――！」

「大事なことなんです。どうしても林さんに確認したいことがあるんです」刑部さんは必死に食い下がる。

「やかましい！　婆さんは寝てるって言ってるだろうが！　さっさと帰れ！　これ以上、ぐだぐだ言うなら力ずくで追い出すぞ！」

殴りかからんばかりの形相で男はがなりたてる。

「話を聞いてください」

爽太はたまりかねて男と刑部さんの間に割って入った。部外者だから一歩引いていたが、こうなったら黙っているわけにはいかない。

「この女性は薬剤師です。林さんの体調を心配してここまで訪ねて来たんです」

「うるせえな。薬剤師だろうが医者だろうが、そんなことは関係ねえんだよ」

男は威嚇するように握った拳を爽太の前に突き出した。殴られるかと身を固くして、その拳を凝視する。関節のあたりに赤黒い汚れがあった。ぎょっとした。

「それって血ですか」男の拳を見据えて爽太は言った。

「なんだと」男は自分の拳に目をやって、ぎょっとしたように引っ込める。

「どうして林さんは寝ているんです。具合が悪いんですか。それとも怪我をしているんですか」爽太は言った。

「馬鹿野郎。これは鼻血だよ。婆さんが鼻血を出して、その後始末をしただけだ」

男は明らかに慌てていた。「もういい。さっさと帰れ」と扉を閉めようとする。爽太はとっさにドアノブを握った。

「待ってください。林さんに会わせてください」

「ふざけるな！　お前らには関係ないことだろうが！」

男が叫ぶ。そのとき背後に人の気配がした。刑部さんに誰かが話しかけている声がする。もしかして近所の人が騒ぎを聞きつけて来てくれたのかな。助けになるといいんだけど。そんなことを考えたとき、

「すみません。ウチの刑部がご迷惑をおかけして」と声が聞こえた。

首を巡らすと白いレインコートを着た毒島さんが立っている。どうしてここにと思う間もなく、「林さんのお孫さんですね。私、どうめき薬局の毒島といいます。林マキ子さんが服用している薬について、至急お話ししたいことがあります」と喋り出す。

「今日の夕方、林さんから薬局に、前回受け取った薬が少ないと電話がありました。林薬局が数を間違えたから、足りない分を持ってきてちょうだい、とのことでした。林さんが服用している薬は二種類あります。ひとつはロルバスクといって高血圧や狭心

症の治療に使われる薬。もうひとつはジベノールといって不整脈の治療に使われる薬です。しかし薬局の在庫を調べた結果、数は合っているとわかりました。だとすると薬が足りないのは、薬局が間違えたのではなくて、林さんがなくしたか、飲み間違えたことが原因になります。なくしたならいいのですが、間違えて多く飲んだために数が足りなくなったとしたら、別の問題が発生します。肝臓や腎臓の機能が低下した高齢者には、ジベノールは副作用が発現しやすいというデータがあるのです」

男は呆気に取られたようにぽかんと口をあけている。

「ジベノールは一般名をシベンゾリンコハク酸塩といって、心臓の筋肉の異常な収縮を抑える働きがある薬です。ただし過量投与した場合は、QT延長から心室頻拍、心室細動へと移行して、突然死に至る恐れがあります。QTというのは心筋室の電気的興奮のはじまりから終わりまでの時間のことで、QTが延長する原因としては薬物の影響が関係する割合が高いのです」

「うるせえ！　やめろ！」

フリーズが解けたように、男が声をあげた。

「わけのわからない話をグダグダとしやがって！　ふざけるな！　なんなんだよ、お前ら！　次から次へと現れやがって、俺にはそんな話はどうでもいいんだよ。そんなくだらない話は聞きたくねえんだ。もういいからとっとと消えろ！　出て行かないなら警察を呼ぶぞ。お前ら、それでもいいのかよ――」

と言いかけた男の顔が強張った。

「お取り込み中、失礼します。こちらで何かありましたか」

また背後から声がした。今度は男の声だ。首をめぐらせて後ろを見ると、制服姿の警官が立っている。

「近所の方からこちらのお宅が騒がしいと連絡がありました。すみませんが事情を聞かせてもらってもいいですか」

「――あの、私は薬剤師です。こちらのお宅に住んでいる高齢の女性に会うために来たところです。どうしても本人に会って確かめたいことがあるんです。でもこちらのお孫さんがそれを許してくれなくて――」

一番後ろにいた刑部さんが、飛びつくように警官に事情を説明する。

「なるほど。それで他の方は――」警官は爽太たちの顔を見渡した。

「この女性は同じ薬局の先輩です。こちらの男性は、念のために付き添ってもらった知り合いです。それでそちらがこの家の住人のお孫さんです」

「そういうことですか。そちらの方、お祖母さんに会わせてあげるわけにはいかないのですか」警官は男に質問をした。

「いや、婆さんは寝ているから、起こすのは可哀想というか、そういうことで」

さっきまでの勢いが嘘のように、男は横を向いて、ごにょごにょと口にする。警官はその場にいた四人をもう一度見渡してから、あらためて毒島さんの顔を見た。たぶんこの四人の中で一番落ち着いていて、話が出来るように見えたのだろう。

「失礼ですが、身分証はお持ちですか」

「名刺なら」毒島さんはレインコートのポケットから名刺を取り出した。

「……どうめき薬局のドクシマさん？」警察官がぎょっとした顔になる。

「ドクシマではなくブスジマです」

「ああ、失礼。それで、そちらの方は何か自分を証明するものをお持ちですか」

「今はない」

「あれ、さっき財布の中に運転免許証がありましたよね」爽太が言った。

男はすごい形相で爽太をにらみつけ、「今はねえよ。さっき部屋に置いてきた」と言い捨てた。

「念のため名前と生年月日を伺ってもよろしいですか」

穏やかだが有無を言わせない口調で警察官が言う。男は舌打ちすると、

「——わかったよ。婆さんを起こして連れてくればいいんだろう。連れてくるよ。連れてくる。だからここで大人しく待ってろよ」と半開きのドアをそのままに、身を翻して家の中に消えた。

「最初からこの三人でこちらを訪ねられましたか」警官は毒島さんに質問した。

「私はさっき来たところです。最初に来たのはこの二人です」

「そうですか。では、そちらの方にちょっとお訊きしたいことがあるのですが」

警官は刑部さんに向き直って、最初にここに来た時間を質問した。刑部さんがそれに答えている間、爽太は毒島さんの耳に口を近づけた。

「あの、毒島さんはどうしてここに来たのですか」

「林さんの話に気になることがあったので」と言いながら、逆に不思議そうに爽太の顔を見る。「そう言う水尾さんこそ、どうしてここにいるのです」

「えーと、偶然です。仕事を終えて帰ろうとしたところで刑部さんと偶然会って、話をしているうちに、なんとなく足を運んでしまった、という感じです」

まさか毒島さんの話を教えてもらう条件でついてきたとは言えない。

「――何か、あったんですか」

また声がした。道路に主婦らしい女性が立っている。

「こちらの林さんとお会いしたいのですが、孫だという男性がなかなか会わせてくれないんです」爽太の言葉に、主婦は不安そうに顔を曇らせた。

「そのお孫さんって、二十歳くらいの鼻にピアスをつけた人ですか。私、隣に住んでいる者ですけど、お金がなくなると小遣いをせびりに来るので困っていると、前に林さんから聞いたことがあります」

　爽太は毒島さんと顔を見合わせた。そういうことなら事情が変わってくる。あけっぱなしのドアから家の中を覗いた。廊下の奥はしんと静まり返って、誰かが出て来る気配はない。そういえばあの男の手に血らしき痕があった。鼻血と言い訳をしていたけれど、もしかしたら林さんを殴った痕かもしれない、と思い当たる。

　刑部さんとの話を終えた警察官にそのことを伝えた。警察官の顔に緊張が走る。

「林さん、いらっしゃいますか、林さん」と玄関の前に立って警察官が呼ぶ。しかし出て来るどころか、それに応える声もない。孫を名乗る男も戻って来なかった。

「中に入るのはまずいですかね」と爽太は訊いた。

「はっきりした事情がわからないまま、勝手に上がることは出来ません」警察官は渋い顔をする。

「あの、私が見てきましょうか」隣家の主婦だという女性が申し出た。「普段からお互いに家を行き来しているので、私なら勝手に入っても怒られることはないと思います」

「そういうことなら、お願いします」警察官が頷いた。

「今晩は。お邪魔します。林さん」主婦は靴を脱いで上がり框《かまち》に足をかける。「隣の佐藤《さとう》です。入りますよ。みなさんが心配しているので、顔を出してもらえませんか、林さん」

皆が見守る中、恐る恐るといった感じで廊下を進む。

玄関を覗き込んだ毒島さんが、「あの孫を名乗る男性、もうここにはいないかもしれないですね」と呟いた。

「どうしてわかるんですか」爽太は尋ねた。

「男性物の靴がありません。別の場所から外に出たんじゃないでしょうか」

爽太は三和土《たたき》を見た。そこにあるのは女性物のサンダルや運動靴だけだった。

「でも林さんを呼びに行くと言ったとき、靴を持って行くようなそぶりはありませんでしたよ」

「こうなることを予想して、事前に靴を持って行ったのかもしれません」

「本当に孫なら、最初から他の出入り口を使っている可能性だってありますよ」

「今日に限ってそれはないと思います」

毒島さんは三和土と傘立てを順番に指さした。三和土の一部が水に濡れて黒くなり、傘立てには濡れたビニール傘が刺さっている。

「林さんが薬局に電話をしてきたのは四時前です。雨が降り出したのはその後で、林さんの靴はどれも雨には濡れていません。それなのに三和土が濡れて、傘立てには濡れた傘があります。つまり四時以降に誰かがこの家に来て、玄関から家にあがった証拠です。それでいて濡れている靴はどこにもない。他の場所から出るために、履いてきた人物が持ち出したのだと思います。傘が残ったままなのは、雨があがっていることに気がついたからでしょう。林さんは一人暮らしということですから、孫を名乗るあの男性以外に、それらの行為をした人物はいないと思います」

理路整然と毒島さんは口にする。でも男が逃げたとしたら、残された林さんはどうしているのだろうか。そんなことを考えた瞬間、主婦の悲鳴が家の奥から聞こえた。

「大変です。来てください――！」

警察官の反応は速かった。素早く靴を脱いで、大股で廊下を進んで家の奥に行く。

爽太は一瞬躊躇した。部外者である自分が勝手に他人の家に入っていいものか。そんな爽太の迷いをよそに、毒島さんの行動は速かった。靴を脱いで家にあがる。少し遅れて、爽太と刑部さんも後を追いかけた。廊下を進んで奥の部屋に入る。そこは居間のようだった。中はひどく荒れていた。箪笥《たんす》やサイドボードの抽斗《ひきだし》はすべて引き出されて、中身が床にぶちまけられている。雑誌、衣類、手紙、ノート、食器、その他の細々とした物。散らばる品物の真ん中に小柄な女性が横たわっていた。ぐったりとした女性の顔には殴られた痕がある。口元と頬にべったりと血がついていた。

「林さん、大丈夫ですか、林さん――！」

動転した隣家の主婦が大声で呼んでいる。動かさない方がいいです、救急車の到着を待ちましょう、と毒島さんが横から声をかけている。警察官はあたりを確認するように見まわしながら、無線で本部に連絡を取っていた。

「大丈夫。これは鼻血で、もう止まっているわ」林さんがうすく目をあけて呟いた。

「ああ、よかった。生きてたのね」佐藤さんがへなへなとその場に座り込む。

「ごめんなさい。迷惑をかけて……。あなたは誰？」毒島さんを見て、小さな声で林さんが言う。

「どうめき薬局の薬剤師です」

「薬を持って来てくれたのね。ありがとう。でも薬はあるの。嘘をついてごめんなさい。孫からいきなり電話があって、これから行くから百万用意してくれと言われたの。それで誰かに来てもらいたかったのよ。近所の人に頼むのは忍びなくて、ついおたくに電話をしてしまったの。本当にごめんなさいね。こんなことに巻き込んで」声をつまらせながら、ごめんなさい、と繰り返す。

「気にしないでください。大事に至らず何よりでした」と毒島さんはこんなときでも冷静だった。

「実は薬を持って来たわけではないのです。処方箋のない薬は出せません。それを説明するためと、もうひとつ大事なことの確認に来たんです」

毒島さんは顔をあげて刑部さんを呼んだ。刑部さんは、はっとしたように林さんのもとに駆け寄った。

「そのためにわざわざ来たんでしょう。大丈夫だと思うけど、念のためもう一度確認してちょうだい」

刑部さんは、はい、と頷いた。

「あの、ご存知だとは思いますが、ジベノールは取り扱いに注意が必要な薬です。薬を飲み間違えたのであれば、主治医の先生に報告しなければいけません。その確認がしたくてここに来たんです。確認しますが、薬はきちんと飲んでいらっしゃいますか。飲み忘れたり、多く飲んだことはないですか」

「ええ、きちんと飲んだわ。大丈夫」と林さんは頷いた。

「そうであれば問題ありません。私たちの心配は杞憂《きゆう》とわかりました。あとは警察の人にお任せして、これで失礼することにいたします」

林さんはこくりと頷いて、ああ、もう、本当にあの子ったら、と嘆息をした。

「お孫さんがあなたに暴力をふるって、金品を持ち去ったわけですか。それでその男性はいまどこに？」と無線連絡を終えた警察官が訊く。

「勝手口から出ていきました。博打で借金をこしらえて、返す当てがなくなると、いつもお金をせびりに来るんです。自分が育てた子供ならば、厳しく接することも出来るけど、孫となると可愛いばかりで、ついつい甘やかすことになってしまって」

ごめんなさいね、お嬢さん方を危険な目に遭わせてしまって、と言って、林さんはおいおいと泣きはじめた。

4

刑部さんが言ったように、これで失礼します、というわけにはいかなかった。

強盗傷害事件になるかもしれないということで、林さんが救急車で運ばれた後、それぞれにパトカーで警察署に連れて行かれて事情を聞かれたのだ。結局、警察から解放されたのは八時を過ぎた頃だった。

「今日はありがとうございます。水尾さんがいてくれて心強かったです」

駅までの道すがら、殊勝に頭を下げる刑部さんに、「いえ、とんでもないです。たいしたことは出来ないで申し訳ありません」と爽太は逆に謝った。

「私からもお礼を言います。もし彼女に何かあったらと思うと、ぞっとします。ついてきていただいて、本当にありがとうございます」

毒島さんも刑部さんに続いて頭を下げる。

「やめてください。感謝されることじゃありません。ただの偶然ですから気にしないでください」

刑部さんに同行した経緯が経緯なので、そこまで謝られると心苦しい。なんとか話題を変えたいと思い、「それより毒島さんこそ、どうしてここに来たんですか。気になることがあったと言ってましたけど、まさかこんなことになっていると想像したわけじゃないですよね」と口にした。

「もしかしたら危険なことがあるかもしれないとは思っていました」

「どうしてわかったんです」驚いて爽太は訊いた。

「刑部が、林さんのお宅に伺うに至った経緯はご存知なんですよね」

「はい。一通りの話は聞きました」

「それならお話ししますが、林さんは自分が飲む薬のシートを切り離して、日にちごとに分けていました。ウチで薬の数を出し間違えたなら、それを分けた時点で気がつくはずです。しかし林さんは、今日になって薬が足りないと言ってきました。薬局の在庫が正しいことから、足りない理由はご本人が飲み間違えたか、紛失したかのどちらかだと思われます。林さんから電話があった時点で、そこまでは理解しました。だから刑部に、林さんの自宅に行って薬を飲み間違えていないか確認するように、と指示を出したのです。そのときはそれが最も重要な問題だと思っていましたから」

しかし患者が途切れて一段落したときに、話が変だと思い当たったそうだ。

「林さんは、夜に飲む分がないと言ったそうですが、ジベノールは朝昼晩の一日三回服用です。ということは昼に飲んだとき、すでに夜の分がないことはわかったはずです。しかし林さんはそのときではなく、夕方になって電話をしてきました。しかも、いつも夜は六時から六時半に飲むから、その時間に届けてほしいと言ったとか。その言い方にも違和感を持ちました。わざわざ三十分間に限定したことが作為的に思えたのです」

すべてを一方的にまくしたてて、こちらからのコールバックに一切出ないというのも変だった。精神疾患を患っている患者さんの中には、感情を抑えることができずに、自分のこだわりや都合ばかりを優先させる人もいる。しかしここまで林さんにそういう傾向はなかった。

「それで薬がないというのは口実ではないかと思ったわけです。林さんはただ六時から六時半の間に誰かに家に来てほしかった。しかし適当な人が思い浮かばず、それでやむなくどうめき薬局に電話をした。どうめき薬局では、過去に薬の数を間違えて、すぐに届けたという経緯があったので、それを思い出して、頼りにしたのではないかと思ったんです」

それで刑部さんを一人で行かせたことが不安になったそうだ。聞き及んだ林さんの一方的な口調から考えるに、林さんがかなり切羽詰まった状況にいるように思えて、それで社長に調剤の仕事を代わってもらい、慌てて後を追いかけたそうだ。刑部さんのスマートフォンに残っていた着信履歴は、それを伝えたいがためのものだったのだ。

「よくそこまで気がつきましたね」

　爽太は感心したが、毒島さんはかぶりをふった。

「いいえ。褒められたことではありません。もっと早くに気づくべきでした。刑部を危険にさらすような指示を出して、自分は本当に未熟者です。薬のことばかりに気を取られ、それ以外のことを軽視していました」

　本当にごめんなさい、と毒島さんは刑部さんに頭を下げた。

「やめてください。毒島さんは悪くないですよ。私は平気だったんですから、気にしないでいいですよ」

　刑部さんは困ったように手をふった。爽太に色々と話をしたことを、決まり悪く思っているのかもしれない。

　そこで会話が途切れた。駅まではまだ距離がある。

「あの、毒島さん」と爽太は言った。頭にはミスコンの準グランプリのことがあった。思い切って訊いてみようと思ったのだが、しかし振り向く毒島さんの真面目な顔を見て気を変えた。やはり今はまずいかな。それで慌てて言った。

「ジベノールという薬の話にはびっくりしました。あんな難しいことを何も見ずにすらすら言えるなんて、毒島さんは暗記力もすごいんですね」と別に思ったことを口にする。

「暗記はしていません。林さんに説明する必要があるかとも思い、直前に本を見て覚えてきたんです。それがいざ家についたらあの状態でしたから、とりあえず事情を説明しようと、夢中で言い立てただけの話です」

毒島さんは真面目な顔で返事をした。

「難しい専門用語ばかりで、僕にはさっぱり意味がわかりませんでした。心室細動とかは聞いたことがありますが、心室頻拍とかQT時間とかになると、もう何が何やらさっぱりです」

爽太は話を終わらせるつもりで笑ったが、毒島さんは真面目な顔を崩さなかった。

「そんなに難しいことではありません。心室頻拍というのは、心室の一部から連動して起こる異所性刺激によって頻脈を呈する病態のことです。心室細動に移行する恐れがあるためすぐに処置することが必要になります。QT時間とは心電図におけるQ波のはじまりからT波の終わりに至る時間のことで、それが異常に長くなって、脈が乱れ、立ちくらみや失神などの発作を起こす症状がQT時間延長症候群です。先天性と二次的に分類されて、薬剤によって引き起こされるQT時間延長症候群は二次的にあたります。そのQT延長を引き起こす薬剤ですが、抗不整脈のほかにも向精神薬、抗菌薬、分子標的薬など多岐にわたります――」

毒島さんの話は駅まで続き、爽太はひたすら相槌を打ち続けた。

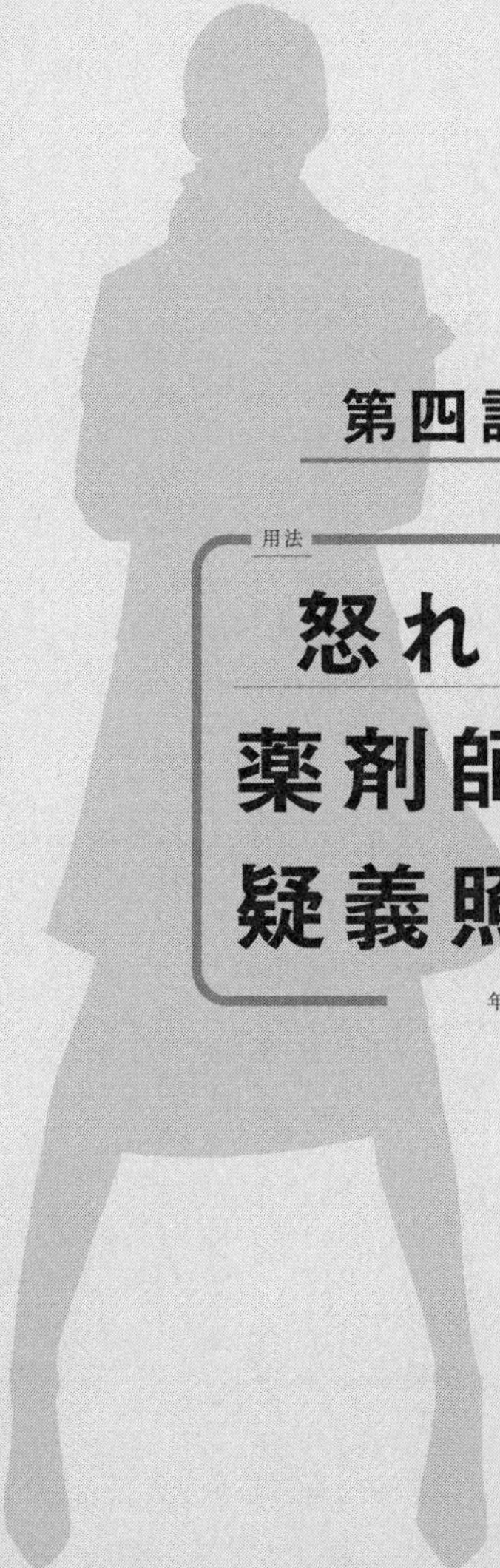

# 第四話

用法

## 怒れる薬剤師の疑義照会

年　月　日

# 1

林家の事件があった翌週の火曜日。爽太は夜勤のシフトに入っていた。

パソコンの前に座って翌月の予約の整理をしながら、ぼんやりと毒島さんのことを考える。足の痒みのことで相談してから、すでに一か月半が経っていた。食事に誘おうと思いながら出来ないでいるのは、どういう距離感で接すればいいかに迷っているからだ。

過去につきあった女性との間には、小説や漫画、映画、テレビドラマ、音楽という共通の趣味嗜好があった。しかし毒島さんはそのどれにも興味がないようだ。

どうすれば毒島さんともっと親しくなれるのか。薬に関する本を読んではいるが、正直、毒島さんの知識には遠く及ばない。文系男子が理系女子と交際するのはやはり難しいことなのか。母親から渡された一万円札はまだ財布に入ったままだった。あまり日にちが空くのも変だし、とりあえず適当な手土産を見繕い、それを渡すことでお礼としてしまおうか。

そんなことを考えていると、隣で電話をしている馬場さんに肘をつつかれた。額が薄くなった中年男性がカウンターの前に立っている。

「いらっしゃいませ」

爽太は慌ててその前に移動した。

「予約していた徳岡《とくおか》です」中年男性はぼそぼそした声で言う。

「かしこまりました。こちらにお名前を」

宿泊カードをカウンターに出して、記入している間にその名前をパソコンに打ち込んだ。過去に宿泊履歴があるようで、個人情報が記載されたウィンドウが立ち上がる。徳岡誠二《せいじ》、三十五歳、立川《たちかわ》市在住、一月と五月にも宿泊したことがあるようだ。爽太は六一〇号室のルームキーをカウンターに置いた。

「ご予約は三泊でよろしいですか」

「……ああ、はい」

徳岡氏はルームキーを受け取って、そのままカウンターに背を向けた。その丸めた背中をどこかで見たような気がした。過去に宿泊したのなら見覚えがあってもおかしくないが、ホテル以外の場所で見たような気がするのだ。しかしはっきりしたことは思い出せない。

エレベーターに向かう後ろ姿を見ながら、首をひねっていると、「今のうちに飯を済ませておくか」と馬場さんが声をかけてきた。じゃんけんをして勝った爽太が先に休憩室に行く。賄い飯を食べていると、内線電話で馬場さんに呼ばれた。

「お客さんが来ているぞ」

「混んできましたか。すぐ戻ります」

「違う。違う。暇だよ。水尾さんはいますかって、若い女性がフロントに来ているんだよ」

若い女性とは誰だろう。急いでバックヤードを抜けて、ロビーに向かう。入口の横にベージュのコートを着た女性が立っていた。見た瞬間、はっとした。毒島さんだった。爽太を見つけると、目礼するように頭を下げる。爽太は小走りに駆け寄った。

「すみません。休憩中にお呼びたてして」毒島さんが申し訳なさそうに言った。

「とんでもないです。でも、どうしたんですか。急用ですか」

「実は、この前のお礼をしたいと思いまして」

毒島さんは手にした紙袋を差し出した。爽太がそれを受け取ると、

「刑部に同行していただき、本当にありがとうございます。水尾さんがいなければ、彼女に危害が及んでいたかもしれません。本来であれば私がフォローしなければいけないことなのに、水尾さんにご迷惑をかけたことを大変申し訳なく思います」

腰を真っすぐに折って頭を下げた。サービス業の人間でも見習いたくなるような綺《き》麗《れい》なお辞儀だった。

「とんでもありません。ああなったのは偶然のなりゆきです。毒島さんに頭を下げてもらうことじゃありません」

「本当ならもっと早くお礼に伺いたかったんですが、仕事が忙しかったりしたせいで、ここまで遅くなってしまいすみませんでした」

そう言われて、さらに爽太は恥ずかしくなった。本当は自分が先にすべきことだったのだ。

「とんでもないです。僕の方こそ、ここまできちんとしたお礼も出来ずにすみません」

「昨日、林さんが薬局にお礼に来られたんです。若いお嬢さんを危険な目に遭わせてしまって申し訳ないと何度も頭を下げられて、こちらも大変恐縮しました」

隣家の主婦が話した通り、孫はギャンブルに入れ込んで、闇金からも借り入れがあるらしかった。どうしてもあの日のうちに百万円を工面する必要があり、祖母である林さんの家に強引に押しかけたのだ。孫は力ずくで家探しをしようとして、止めようとする林さんを押し倒したとのことだった。

「あの男はどうなったんですか。まだ逃げているんですか」

「自宅に戻ったところを逮捕されたそうです。その報告も兼ねて、林さんはお詫びとお礼にいらっしゃったのです」

家族内の揉め事として穏便に済ませる選択もあったが、林さんはあえて被害届を出したらしい。今回のことをなかったことにすれば、またいつ金目当てで押しかけられるかわからない。さらにはもっと別の犯罪に手を染める可能性もある。ここはきちんとけじめをつけるべきだと考えたそうだった。

「勇気ある決断だと思います。そうする以外に更生を促す道はないと私も思います」

毒島さんは重々しく頷いた。勇気か。その言葉を聞いて、爽太も決めた。

「あの、毒島さん、これまでのことを思えば、僕の方こそきちんとお礼をするべきでした。足の痒みのことも、ワーサリンのことも、ステロイドのことも、客室係の中野さんや南さんのことも、それぞれに貴重な助言をいただきありがとうございます。それでお礼と言ってはなんですが、今度、食事に招待させてください」

「そんなお礼をされるようなこと、私は何もしていないですが」と毒島さんは首をかしげる。どうやら本気でそう思っているようだ。

「そんなことないです。毒島さんのお陰で助かったことが色々とあります。社交辞令ではなく、本気で感謝しているんです。だからぜひお礼をさせてください」

爽太はここぞとばかりに口調を強める。

「――わかりました。そういうことならお誘いを受けさせてもらいます」

毒島さんは戸惑った顔をしながらも頷いた。飛び上がりたくなる気持ちを抑えて、

「いつなら都合がいいですか」と爽太は尋ねた。

「私はいつでもいいですが」

「じゃあ、金曜日の夜はどうでしょう。仕事が終わったら連絡ください。近くのお店

を予約しておきます」

「わかりました。八時に仕事が終わるので、その後であらためて連絡します」

連絡先を交換して帰っていく毒島さんを、爽太は天にものぼる心地で見送った。

2

「誰だい、あれは。彼女かい」

足取りも軽くフロントに戻ると、馬場さんが興味深々な顔で訊いてきた。

「違います。知り合いの薬剤師さんですよ」

「薬剤師？　どこでそんな人と知り合ったんだよ」と馬場さんがさらににじり寄る。

「話すと長くなりますよ。たぶん馬場さんの休憩時間がなくなります」

「それは困るな。じゃあ、仕事が一区切りついた後のお楽しみにしておくか」

馬場さんは肩をすくめて休憩室に向かった。

その夜、宿泊客のチェックインがすべて終わった後で、これまでの経緯を馬場さんに話した。水虫の件からはじまって、三〇五号室の件、中野さんと南さんの件、林さんの自宅に行った件と話を進めて、方波見さんが馬場さんを知っていたことで自分を信用してくれたこともついでに話した。食事に行く約束をしたことで、気持ちが舞い上がって口が軽くなったのだ。

「つまり俺のお陰であの女性と仲良くなれたということか。なんだよ。やってくれるな。人の褌《ふんどし》で相撲を取りやがって」と馬場さんは笑う。

「馬場さんのお陰ってことはないですが、でも多少のアシストにはなりましたかね」

「でもそれならよかったよ。さっきはずいぶんかしこまった風だったから、てっきりお別れの挨拶に来たのかと思ったよ」

「お別れって、まだつきあってもいないですが」

「違う。違う。俺が言いたいのは、お別れしましょうではなく、お世話になりましたのお別れだよ」

「それは仕事を辞めるって意味ですか」

「そう。暇乞《いとまご》いのお別れだ」

「辞めるなんてことはないですよ。毒島さんは薬剤師の仕事に本気で取り組んでいるんですから」

「でも薬剤師は、医師や看護師と同じ国家資格だろう。今の仕事場を辞めても職にあぶれることはないはずだ。いまどきの調剤薬局はコンビニより数が多いって話だしな」

暇な時間に売れ残った新聞を熱心に読んでいるせいか、馬場さんは妙なことを知っている。

「そんなことはないです。食事に行く約束をしたし、辞めるなんてことはありません」

爽太がむきになって言うと、馬場さんは困った顔で頭を掻いた。

「そうか。じゃあ、俺の勘違いかな。変なことを言って悪かったよ」

その後に仮眠を取ることになり、食事を先に取った爽太がまず仮眠室に向かった。

仮眠室は客室係の控室の横にある窓もない部屋だ。備えつけの簡易ベッドに横になったが、馬場さんの言葉が気になって眠れない。馬場さんはお茶らけてはいるが、人を見る目は確かだった。宿泊者の顔つきや挙動、話し方を観察するだけで、よからぬことを考えていると事前に見抜くこともある。過去には宿泊費を踏み倒して逃げようとした悪質なスキッパーの目論見を見破り、事前に防いだこともある。

そんな馬場さんの直感を、ただの勘違いと切り捨てていいものか。でも毒島さんが辞めるなんてことがあるだろうか。いや、しかし自分は毒島さんのことを深く知っているわけではない。そういえば前に北海道の調剤薬局に勤めていたとか言っていた。多摩薬科大学を出ているはずだけど、もしかして北海道が出身地ということだろうか。大学を卒業して向こうに戻ったのかな。でも、それならどうしてまた東京に戻って来たのだろうか。

あれこれ考えているうちに寝そびれてしまい、気がつくと三時になっていた。爽太は起き出すと、洗面所で顔を洗ってフロントに戻った。

「代わりますよ」

バックヤードで裸足になって、新聞を読んでいる馬場さんに声をかける。

「おお」と声を出して老眼鏡を外すと、「寝ている間に電話があったぞ」と馬場さんは言った。

「電話って、こんな時間に誰ですか」

まさか毒島さんから誘いを断る電話があったのか。

「田上弓子《たがみゆみこ》と言ってたな。前に泊まったときにお世話になったとか言ってたぞ」

それを聞いて、ほっとした。その名前には憶えがあった。去年の暮れ、家出した息子を捜しているという女性が、二週間ほどホテルに泊まったことがあった。息子が過去に神楽坂のアパートに住んでいたことがわかったので、手掛かりを探しに来たと言っていた。話し好きな女性で、深夜にフロントに降りてきては、息子の話を色々と聞かされた。土地勘がないという弓子のために、仕事をあがった後で道案内をしたこともある。

結局、二週間の滞在では手掛かりを見つけることはできなかったようだ。爽太に重ねて礼を言い、暖かくなったらまた捜しに来ます、と言って弓子は帰って行ったが、結局それ以来、音沙汰はなかった。もう涼しい季節になっているが、電話があったということは、もしかして捜索に何らかの進展があったのだろうか。見つかったのならいいけれど。

そんなことを考えていると、午前四時を過ぎた頃に電話が鳴った。

「夜分恐れ入ります。田上と言いますが。……水尾さんですか。その節はお世話になりました。……はい、お陰様で見つかりました。千葉の方で建築関係の仕事をしているのがわかって、先週、三年ぶりに会いました」弓子は電話口で嬉しそうに告げた。

「それで今、お世話になった方に、お礼に伺っているところなんです」

金曜日の夕方、お伺いしたいのですが、お時間を取っていただくことは可能でしょうか、というのが弓子の電話の目的だった。しかし金曜は毒島さんと約束がある。

「わざわざお礼に来ていただくほどのことはしていませんよ」と爽太は断ったが、弓子は納得しなかった。はじめての土地で道案内をしてもらい、すごく助かった、どうしてもお礼を言いたい、と譲らない。

「夕方というと何時ごろですか」

「他を回ってそちらに行くので、六時ごろになると思います」

その時間なら大丈夫だろう。

「わかりました。じゃあ、ホテルでお待ちしています」

「ありがとうございます。では、そのときにあらためて」

受話器を置くと、人気のないフロントには静寂が戻った。

その後は何事もなく時間が過ぎた。朝方、驚いたことがひとつあった。

六一〇号室の徳岡氏が外出したのだが、薄かったはずの頭がきっちりした七三分けになっていたのだ。さらにはサングラスをかけている。それで思い出した。前に颪花の窓際のテーブル席にいた男性だ。なんだ。ウチの宿泊客だったのか。

仕事を終えると駅ビルの本屋に行った。薬の本と神楽坂界隈の飲食店を紹介したグルメ雑誌を購入する。自宅に戻って、金曜日に毒島さんと行く店を探した。居酒屋は問題外だし、フランス料理も堅苦しい。古民家を改装した日本酒バーに惹かれたが、毒島さんが日本酒を好きかどうかもわからない。とりあえずノンアルコールのドリンクも充実しているイタリアンレストランに決めた。金曜日の八時半に予約を入れて、薬の本をリビングで読んでいると、「ねえ、爽太、お願いがあるんだけど」と大学から帰って来た颯子に声をかけられた。四つ年下の颯子は、お兄ちゃんとは呼ばず爽太のことを呼び捨てにする。

「爽太のホテルって神楽坂にあるんだよね。近くに是沢クリニックってあるのを知っている？」

妹の口からその名前が出たことに驚いた。

「どうしてお前が知っているんだよ」

「ネットで見たの。そこでソーシンザイを売っているらしいんだ。お金は出すから今度、仕事帰りに買ってきてよ」

「ソーシンザイって何だよ。チンゲンサイの親戚か」

「つまらない冗談は言わないで。ソーシンザイって言ったら痩せ薬に決まっているでしょう」

痩せ薬？　爽太は呆れて颯子の顔をまじまじと見た。

「やめとけよ。あそこはヤブをはるかに超えたモリ医者だぞ。そんな医者が売っている薬が効くはずない」

「でも口コミ掲示板に出てるんだよ。ほら、見てよ。美容外科でも扱っている痩身薬が安く手に入るって評判だよ」

颯子がスマートフォンを目の前にかざす。しかし爽太はあえて目を向けなかった。どうせガセネタに決まっているのだ。

「そんな怪しい薬は飲まない方がいいぞ。――っていうか、お前、全然太ってないじゃないか。どうして痩せ薬を飲む必要があるんだよ」

「太ってるよ。もっと足を細くしたいし、お腹まわりの肉も取りたいの」

新しい彼氏が出来たせいだろうか。颯子はいつになく真剣な顔で訴える。

「それなら運動とダイエットをするんだな。怪しい薬を飲んで痩せようなんて、そんな安易な考えを持つんじゃないよ」

「怪しくないよ。これって厚労省が認可した薬だもん」

「馬鹿だな。お前。役所が痩せ薬なんか認可するはずないだろう。だまされているんだよ。口コミ掲示板なんて九割は嘘やでまかせが占めているんだぞ」

「そんなことないよ。これはモデルや芸能人も飲んでいるちゃんとした薬だもん」

「あのなあ、颯子」と爽太はソファに座り直して、口調をあらためた。

「痩せるために薬を飲もうって、そういう考え方がよくないぞ。薬というのは病気を治すために飲むものだ。それに薬には効果と同時に副作用もある。素人判断で気軽に飲んでいいものじゃない」

説教めいた言葉が口をついたのは、毒島さんの影響で薬についての知識を得たためだった。

「なによ、その言い方！　いいよ、もう、爽太なんかに頼まない――！」

颯子は怒って行ってしまった。

大学生にもなって物を知らない妹だ。今度、毒島さんに会わせて説教をしてもらおうか、と爽太はぶつぶつ呟きながら、薬の本に目を戻した。

木曜日はまた夜勤だった。トラブルもないまま時間がゆっくり過ぎていく。翌朝には徳岡氏がチェックアウトした。領収書を渡そうとすると、手書きにしてほしいと頼まれた。宛名には、医療法人の名前をあげた。そういえば風花では医師国家試験の参考書を読んでいた。医療関係者ということか。今朝は鬘《かつら》もサングラスもつけていない。

徳岡氏は肩を丸めて、どこかとぼとぼした足取りでホテルを出て行った。

雲行きが怪しくなったのは昼前だった。客室係の南さんから、体調不良や子供の発熱でパートさんが四人休んでしまい、このままでは掃除が時間内に終わらない、と切羽つまった声で報告があったのだ。

中野さんが、系列のホテルに転勤したのが先週だった。専門の病院で診てもらった結果、突然強い眠気に襲われるのは、やはりナルコレプシーという病気とわかった。薬で症状はコントロールできるので、日常生活に支障はないはずだが、本人は強く退職を希望した。病気だったら仕事を辞める、と南さんの前で大見得を切ったせいだろう。

しかしその仕事ぶりを買っている上司が引き留めて、別のホテルへの異動という形で落ち着いた。中野さんの後任には、南さんがそのまま昇格する形になった。穏やかな性格の南さんは、それまでの強権的な方法とは違って、民主的な方法でパートさんの労務管理を行った。常に平等を心掛け、みなの話に耳を傾けて、無理を強いることをやめたのだ。結果として職場の雰囲気は前よりよくなり、客室の掃除は前より行き届くようになった。

周囲からすればいいことばかりだが、南さん本人の負担は増えているようだった。

今日も四人から休みたいと連絡をもらって、わかりました、と快く返事をしたらしい。

もしこれが中野さんなら、それくらいで休むなんて仕事を舐《な》めているの、お客さんを汚れた部屋に泊めるつもりなの、と怒鳴りつけていただろう。

南さんは一人ですべてを抱え込む癖がある。放ってはおけないので、フロントの仕事を終えてから、三時間ほど客室係の仕事を手伝った。しかし悪いことは重なるもので、帰り際にたまたま受けた電話が、入れたはずの予約が入っていないという内容だった。その応対でばたばたしているうちに帰れなくなった。結局、先方の勘違いで、予約をしたのは別のホテルとわかったのだが、そのときにはすでに五時を過ぎていた。六時になれば田上さんが来る。もはや家に戻る余裕もない。

とりあえずバックヤードに行って、スマートフォンの電源を入れる。忙しくて覗き見る暇もなかったのだ。すると毒島さんからのメッセージが入っていた。

〈申し訳ありませんが、本日の夜、急用が入ってしまいました。せっかくのお誘いですが、またあらためてお願いしたいと思います〉

見た瞬間、力が抜けた。頭の中が真っ白になって、何かを考える気力も失った。休憩室で呆然としていると、「田上さんがいらっしゃったぞ」と馬場さんに声をかけられた。

何も考えられないままロビーに行って、挨拶をしてから息子さんの消息についての話を聞いた。家出の途中で借金を作り、夜逃げのような形で転居を繰り返したことや、住民票の異動を追いかけて建築会社の寮にたどり着いた、ということを田上さんは話したが、言葉は爽太の頭をただ素通りしていった。

田上さんが帰った後で、疲れた体を引きずって休憩室に戻った。

ドタキャンのショックに寝不足の疲労が重なり、今にも気を失いそうだった。椅子にもたれてぐったりしていると、日勤を終えた馬場さんが休憩室に来た。

「薬剤師さんと約束があるんじゃないのか」

「キャンセルになりました」

「ありゃ、ふられたのか」

「そうらしいです」自棄《やけ》になって頷いた。

「店を予約したんだよな。もうキャンセルしたのかい」

そう言われて現実的な問題に気がついた。そうだ。すぐに電話しなくては。

「キャンセルできないんだったら、俺がつきあってやってもいいけどな」馬場さんがにやりと笑う。

「いや、いいです」

毒島さんと行くはずだった店に馬場さんと行く気にはなれない。しかし、このまま家に帰るのも嫌だった。一人でヤケ酒を呷《あお》るのも空しいし、酒を飲む相手としてとりあえず馬場さんは最適だ。

「他の店なら行ってもいいですよ」

「おっ、いいね」馬場さんはにこにこ笑って、「どこにする。赤城屋《あかぎや》か」と過去に爽太の靴と取り違えた居酒屋の名前を口にした。

「いや、他にしましょうよ」

「焼き鳥か。それともおでんにしておくか」

騒がしい店に行く気分ではなかった。グルメ雑誌で見た店を思い出す。

「見番横丁《けんばん》の近くに新しい日本酒バーが出来たそうですよ。じっくり飲める店みたいですし、新しい河岸《かし》を開拓するためにも、今日はそこに行ってみませんか」

3

〈狸囃子《たぬきばやし》〉は裏路地にひっそりと建つ、古民家を改装した店だった。

朝の五時までやっているそうで、天然木のカウンターに腰かけて、牡蠣《かき》の燻製《くんせい》と地鶏の焼き鳥を肴《さかな》に日本酒を飲んだ。

「一度はOKしておきながら、間際になってドタキャンですよ。やっぱり誘うのが早かったのかな。もっと時間を置いて、警戒心を解いてから誘った方がよかったんですかね」余計なことは言わないつもりだったが、ついそんな愚痴が口をつく。

「いや、逆だよ、逆。こういうことは相手に印象が強く残っているうちに手を打った方がいいんだよ。時間を置くと、印象が薄れて、気持ちが冷めちまう。最初に薬局に行ったときか、あるいは三〇五号室の件でホテルに来てくれたとき、なんとしても誘うべきだったと俺は思うぞ」

「そうしようとは思ったんですよ。でも言うべきタイミングが合わなくて」

「それは言い訳だな。いいか。水尾くん、ただ待ってるだけじゃ彼女は出来ないぞ。女性をものにしたいと思ったら一押し二押し三に押しだ。とにかく積極的に行かないと」

「すいませんが、そういう昭和の口説き方は性に合わなくて」

「女を口説くのに昭和も平成も令和もあるもんか。光源氏の昔から、女は押しの強い男に弱いと相場は決まっているんだよ」

　バツ二の五十男に言われてもまるで説得力がない。二時間ほど飲んで、いい感じに酔いがまわってきた。

「ちょっと、トイレに行ってきます」

　立ち上がったとき、店の扉があいて二人連れの女性が入って来た。通路が狭いので、道をあけようと体をずらす。

「なかなかいい感じのお店じゃないですか」

「日本酒が美味しいらしいけど、明日も仕事なんだから飲み過ぎちゃダメよ」

「大丈夫ですよ。まだ若いし、そんなの全然平気です」

「友達の結婚式の二次会で飲み過ぎたとか言って、仕事を休んだのはどこの誰よ」

「あれはちょっとしたアクシデントです。結婚相手の男の人が気になっていた人だったので、ついつい飲み過ぎた結果です」

聞き覚えのある声だった。顔をあげると刑部さんと目が合った。

「あれ、水尾さん――?」

連れの女性もこちらを見た。方波見さんだった。二人は最初、驚いて、そのすぐ後で慌てた様子になった。

「ちょっと、どうするのよ」

「あれれ、よりによってここですか」

すぐには意味がわからなかった。ここにいたらまずいことでもあるのだろうか。

「なんのことですか」

「だって」と刑部さんは首をめぐらし、あたりを見まわして、「一緒ですよね」と言いにくそうに口にする。

「僕が一緒にいるのはこの人ですけど」爽太は馬場さんの薄くなった頭を指さした。

「んん……ああ、これは、これは、お久しぶりです」振り返った馬場さんが方波見さんを見つけて頭を下げる。

「あら、馬場さんじゃないですか。その節はどうもお世話になりました」と方波見さんも言葉を返す。

「じゃあ、毒島さんとは一緒じゃないんですか」刑部さんが不思議そうな顔で爽太に訊いた。

「いや……違いますけど」

どう答えていいか一瞬迷った。どうして二人がそのことを知っている？　誤魔化そうかと思ったが、どこまで知っているのかわからないので話のしようがない。

「約束したのは事実ですけど、急ぎの用が入ったとかで、夕方になってキャンセルされました。でもどうしてそれをお二人が知っているんですか」

「だって毒島さん、私たちが食事に行きませんかと誘ったのを、水尾さんと約束があるからって断ったんですよ」

「ああ、そうなんですか。じゃあ、キャンセルする前に誘ったのかな。キャンセルの連絡があったのは夕方ですけど」

「私たちが誘ったのは七時頃でした」

その時間、すでに自分は馬場さんとこの店にいた。ということは方波見さんたちの誘いを断る口実に自分との約束が使われたことになる。つまり毒島さんにとって自分はその程度の存在だったということだ。

――ああ、やっぱりそういうことか。

あらためて落ち込む爽太をよそに、しかし方波見さんと刑部さんは真面目な顔で言葉を交わした。

「変ですね。毒島さん、どうして嘘をついたんでしょうか」

「よほど私たちと食事をしたくなかったのかしら」

「でも普段なら私はいいですって、理由も言わずに断りますよ」

「それもそうね。今日に限ってわざわざ嘘をつくのも妙な話よね」

「何か特別な用事があるということですか」

「もしかして、あのことが関係しているのかしら……」

こそこそと話をする二人に、「そこのお二人さん」と馬場さんが声をかけた。

「そんなところで喋っていると通行の邪魔だよ。ちょうど向こうの席が空いたようだから、移動して皆で一緒に飲まないか」と小上がりのテーブル席を指さした。

そんなわけで馬場さんを含めて四人で飲むことになった。馬場さんと方波見さんとはすでに顔見知りだったので、爽太は刑部さんを馬場さんに紹介した。その後に飲み物とつまみを注文すると、

「さっき何か言いかけたようですけど、毒島さんに何かあったんですか」と爽太は方波見さんに尋ねた。

「あのことって何ですか」

「……実は月曜日にちょっとトラブルがあってね」方波見さんは声をひそめて話し始めた。

「大きな声では言えないんだけど、近所でクリニックをやっているお医者さんからクレームがついたのよ」

含みのある言い方にぴんときた。「もしかして是沢クリニックの院長ですか」

方波見さんが人差し指を口に当てた。「個人名は出さないで。こういう場所だと誰に聞かれているかわからないから」

「すみません」爽太は首を縮めて声をひそめた。「でもクレームってどういうことですか。毒島さんが間違ったことをするとは思えませんけれど」

「たしかに彼女は悪くないのよ。でも、この世界、どうあっても医者の立場が上なのよ。だからときには理不尽な目に遭うこともあって」と方波見さんは口を濁す。

「何があったんですか」

心配になって爽太は身を乗り出した。そこに酒とつまみが運ばれて来た。唐揚げや枝豆、冷奴、そして大根サラダがテーブルに並ぶ。店員がいなくなった後で、刑部さんが口を開いた。

「それについては私が話をします。なんといっても当事者ですから」

月曜日の午前中のことだった。一人の女性が是沢クリニックの処方箋を持ってどうめき薬局を訪れた。処方箋の名前は三沢美莉亜《みさわみりあ》。処方内容は、以下のようなものだった。

マルシオン錠（トリアゾラム）　一日一回一錠　寝る前　三十日分

ヘルドイドソフト軟膏（ヘパリン類似物質）　５００g

マーブロン28（デソゲストレル）一日一回一錠　三十日分

担当した刑部さんは首をひねった。マルシオン錠はベンゾジアゼピン系の睡眠薬。ヘルドイドソフト軟膏は、保湿と血行促進の効果がある塗り薬で、マーブロン28は、プロゲステロン剤を使用した第三世代の経口避妊薬だ。

処方解析をしようにも、薬の内容がバラバラで、患者さんにどんな症状があるのかわからない。だいたい是沢クリニックは婦人科の専門ではない。それなのにどうして経口避妊薬が処方されるのか。刑部さんは困って、方波見さんに相談した。処方箋に目をやった方波見さんは、たしかにおかしいわね、と口にした。

「そうですよね。婦人科でもないのに、ピルを出すなんて」

「問題はそこじゃないでしょう。皮膚科ならありえるわ」

「えっ、そうなんですか」

「ニキビの治療でピルを出すこともあるのよ」

　そうだった。ヘルドイドソフト軟膏は、保湿と血行促進については定評がある薬剤だ。患者さんが、皮膚の乾燥やニキビに悩んでいるなら、この二つの薬が処方されたことに不思議はない。残るはマルシオン錠だが、思春期を過ぎてのニキビは、ホルモンバランスの乱れによる要因が大きいはず。不規則な生活を送ったり、過度のストレスを受けると、自立神経の交感神経が優位になって、交感神経は男性ホルモンの分泌を促すことがある。その状態が長く続くと男性ホルモンが過剰になり、女性であってもニキビという形で肌に現れる。つまり、この患者さんはストレスの影響で、肌の不調と不眠に悩んでいるということか。そうであるならこの三つの薬が処方されたことに不思議はない。

「じゃあ、この処方箋に問題はないですね」

「なんでそうなるのよ。見てくださいと言ったのはあなたでしょう」方波見さんは不満そうに言う。

「でも話を聞いたら、特におかしなところはないようですし」

「処方箋の患者さんの年齢をよく見なさい」

　あらためて見て、あっ、と思った。三沢美莉亜の年齢は十一歳。つまりこの子は小学生にして睡眠薬と低用量ピルを服用するのだ。

刑部さんは待合室を見た。高齢者が多いこの時間帯、一人だけ三十代後半くらいのルイ・ヴィトンのバッグをもった女性がいる。母親だろうか。彼女は小学生の娘がこんな薬を飲むことを認めているのか。虐待とか育児放棄とかいう言葉が思い浮かぶ。娘に売春を強要している母親が逮捕された、という記事をネットニュースで見た記憶が蘇る。

大変だ。これは警察に連絡して、子供を保護してもらうべき事案ではないのか。刑部さんは慌てたが、方波見さんは落ち着いたままで、

「何を想像したかは知らないけど、そんなに慌てなくても大丈夫よ。処方箋の公費負担者番号をよく見なさい。何番ではじまっている？」

「あ？　ハチハチです」

公費負担者番号が88で始まるのは、子ども医療費助成制度を使っての診療だ。東京においては未就学児を扱う乳幼児医療費助成と、小学生・中学生を扱う義務教育就学児医療費助成の二つがあり、これによって中学校を卒業するまで自己負担なく、病院の診療を受けることが出来るのだ。

「これはこの子が使う薬じゃないわ。あそこに座っている女性は是沢クリニックのスタッフよ」

説明されて、やっとわかった。これは子供の保険証を使うことで、自費負担をゼロ

にするための処方箋なのだ。

「保険証の不正使用は詐欺罪に当たるはずだし、処方薬を他人に譲渡することも本来はしてはいけないことですよね」

「薬剤師の私が言うのも何だけど、バレなければ問題にはならないわ。そしてこの手の話が表に出ることはほとんどない。きっとあの院長もそれをわかってやっているのよ」

　方波見さんの話によると、是沢クリニックは近くの調剤薬局と密接な関係にあるらしい。三沢美莉亜というのは、たぶん看護師か事務員の娘で、その保険証を使って薬を無料で手に入れているのだろう、とのことだった。

「前にあそこを辞めた事務員さんから聞いたことがあるの。スタッフから欲しい薬の希望を募っては、タダで入手して残業代の代わりに配っているらしいのよ」

「俺様院長、残業代も払ってないんですか」

　聞けば聞くほどひどい医者だ、と刑部さんは呆れた。たぶんあのスタッフは新人で、近くの調剤薬局に行くべきところを間違えてウチに来たのだろう、と方波見さんは言った。

「どうしましょうか」と問う刑部さんに、

「とりあえず疑義照会してちょうだい」と方波見さんは答えた。

是沢クリニックに疑義照会をして、いい思いをしたことは一度もない。しかしこればかりは仕方ない。三沢美莉亜さん、と名前を呼ぶと、ルイ・ヴィトンをもった女性が席を立ってカウンターに来た。まずは処方内容を確認する。

「十一歳のお子さんにマルシオンと低用量ピルが出ていますが、これで間違いはないですか」

「私は頼まれて来ただけだから、内容までは知らないわ」目を合わそうともしないで女性は言った。

「わかりました。では担当のお医者さんに確認しますので、しばらくお待ちください」

「早くしてよね。時間までに戻らないと怒られるのよ」

「急ぎますので、おかけになってお待ちください」

処方箋にある番号に電話をかける。

「はい。是沢クリニックです」

「お世話になっております。どうめき薬局ですが、実は、そちらで出された処方箋のことで、疑義照会をお願いしたいのですが」刑部さんは内容を説明した。

「お待ちください」電話が保留された。〈エリーゼのために〉が流れる。しかし五秒もかからず電話は取られた。「そのままでいいと院長は言ってます」

早い。あまりに早すぎる。本当に院長に訊いたのか、と突っ込みたい気持ちになってくる。しかし余計なことは口にしなかった。スタッフも知っていることなのだ。ありがとうございます、と電話を切った。

「このままでいいそうです」

刑部さんの返事に方波見さんは肩をすくめた。薬剤師法によって、薬剤師は処方箋に疑義を唱えることはできるが、正当な理由がないままに処方を拒否することはできない。

刑部さんは調剤に取りかかろうとした。そこに、「待ってください」と声がした。他の患者さんへの投薬を終えた毒島さんが方波見さんに声をかけたのだ。

「そのまま薬を出すんですか」

「だって処方箋の通りに薬を出すのが薬剤師の仕事でしょう」方波見さんが戸惑った声で言う。

「最近、あそこの院長のいい加減なやりかたは目に余ります。患者さんにきちんと説明しないまま大量に薬を出したり、大した症状でもない子供の患者さんに毎週診察に来るように促したり。この前は顕微鏡検査もしないまま、患者さんに足白癬の薬を処方していました」

「それは私たちが言ってもしょうがないことでしょう」

「診察や診断についてはそうですが、処方箋についての疑義は見逃せません。小学生にこんな薬を処方するなんておかしいとはっきり抗議するべきだと思います。どこの世界に小学生に睡眠薬を一日二錠も出す医師がいますか。保湿剤５００gといえば、50gのチューブを十本です。何人かで分けるには適当な量ですが、ニキビの治療には多すぎます」

「どうしろって言いたいの」

「納得するまで疑義照会をするべきだと思います」

「でも刑部さんにこれ以上照会をさせるのは酷というものよ」

「それなら私がします」と言って毒島さんは刑部さんを振り向いた。

「私が疑義照会をしてもいいかしら」

黒縁眼鏡の奥の瞳には怒りの炎が燃えている。

「はい。どうぞ」刑部さんは光の速さで頷いた。


「それで毒島さんが疑義照会の電話をしたわけです。この処方箋はおかしいと言って、向こうが院長に代わっても、一歩も引かず、ひるむことなく意見を言いました」

是沢クリニックの処方箋には、これまでにも首をひねる箇所がいくつもあったそうだ。似たような名前の薬を取り違えたり、子供の体重換算を間違えたりと、ミスのオンパレード状態だったのだ。

「そうしたら院長は本気で怒り出したようでした。薬剤師の分際で生意気を言うな、お前らは医者の処方通りに薬を出していればいいんだ、と大声でがなり立てました」

受話器を通して、まわりに聞こえるほどの大声だったという。

「最後に、お前、名前はなんというんだ、このままで済むと思うなよ、と言って電話を切ったんです」

そのすぐ後でルイ・ヴィトンをもっている女性の携帯が鳴った。受け答えをした女性は真っ青な顔になり、処方箋を取り戻して薬局を出て行った。たぶん行くべき薬局を間違えたことを怒られたのだろう。

「その日はそれで終わりました。でも翌日になって、あらためて社長に院長からクレームの電話が入ったんです」

そのやり取りも刑部さんは聞いていた。休憩中に洗面所にいたとき、社長が携帯電話で話をしながら廊下に出て来たところに遭遇したのだ。

——いやあ、勘弁してください。本当にそんなつもりはありませんから……いえ、先生のことをそんな風には思っていませんよ。今回のことは間違いなくウチの薬剤師の勇み足です……えっ、いや、失礼しました、勇み足ではなく、不手際です。先生の処方箋に限って問題なんかございません。医師の処方箋にケチをつけるなど、調剤薬局においては、絶対にあってはならないことでございます。……はい、二度とこのようなことがないように、私がすべての薬剤師に指導いたします。もちろん先生のもとには私が直接お詫びに伺います。……はい、先生の人柄に見合った高級な店で、心置きなく寛《くつろ》げるようなお詫びの席を作らせていただきますので……もちろん先生の好みは熟知しておりますよ。ボリュームがあって清潔感のある女性ですよね。ですから先生、薬剤師を首にしろというのだけは、何卒《なにとぞ》、ご勘弁願います――。

廊下を行ったり来たりしながら、しきりに頭を下げている社長の姿が切なかった、と刑部さんは言った。

「首にしろだなんて、あの院長にそんな権限があるんですか」爽太は驚いて質問した。

「あの院長の義理の父親が医者で、医師会のお偉いさんなのよ。薬剤師会のお偉いさんにも知り合いがいるらしくて、それを笠に着て社長に無理難題を吹っかけるのが、昔からのやり方なのよ」

方波見さんが吟醸酒のグラスを傾けながら、裏事情を教えてくれた。

「じゃあ、本当に首ですか」声に不安が滲み出る。

「平気ですよ。ウチの社長、毒島さんを買っているから、そんなことくらいで首にはしませんよ」と刑部さんは梅酒ロックのグラスをもちあげる。

「あの院長だって本気で首に出来るとは思ってないわ。調剤薬局でミスや手違いがあるとすぐに難癖をつけてくるのはいつもの事よ。目的は銀座のクラブとゴルフで接待をさせること。だから首にまではいかないわ」方波見さんが大根サラダを箸でつまみながら首をふる。

「毒島さん本人は、それをどう思っているんですか」

「納得はしていないと思います。火曜日に社長と話をした後は、今までにないほどムッとした顔をしていましたから。でもそれ以上、何かを言うことはなかったです」刑部さんがグラスをテーブルに置く。氷がグラスにぶつかりカラカラと音を立てる。

納得はしていないが文句は言わないということか。

「それでとりあえず話は終わったと思ったんだけど、今日の昼間、社長が銀座のお店に電話をして、その夜の予約をしているところに毒島さんが偶然出くわしたらしいのよ」と方波見さんが話を続けた。

「毒島さんは接待の件を知らなかったのね。それで怒り出したのよ。あんな医者を接待する必要なんかないって、社長に食ってかかったらしいんだけど」

しかし社長は、これは僕と院長の間の問題であって、きみが口を出すべきことではない、と一蹴したそうだ。

「その後で、毒島さんがこれまでにないほど暗い顔をしているものだから、心配になって、仕事が終わったら食事に行かないかと方波見さんが声をかけたんです」

刑部さんが話を補足する。

「見るからに思いつめた雰囲気があったのよ。断られたけど、でもその理由があなたとの約束だと言うから、それなら大丈夫かなって思ったのよ」

でも実際には毒島さんは、その時点で爽太との約束をキャンセルしていた。時系列に沿って考えると、社長が院長を接待すると知った後で、爽太との約束をキャンセルしたことになる。なんとなく嫌な予感がした。社長に言っても埒が明かないので、まさか直接文句を言いに行ったとか――。

そんな不安を口にすると刑部さんは、「それはないです」と手をふった。

「是沢クリニックは六時に診療を終わります。その後、院長は社長と一緒に銀座です。クリニックに行っても、文句を言うべき相手はすでにいません」

「じゃあ、銀座に行ったというのはどうでしょう。お店に直接乗り込んで、院長に文句を言うようなことはないですか」と爽太はあらたな不安を口にした。

「毒島さんでも、さすがにそこまではしないです」

刑部さんは笑ったが、方波見さんは眉間にしわを作って、

「実はそれに関して気になることがあるの。夕方、社長の行きつけの銀座のお店がどこかご存知ですかって、毒島さんに訊かれたのよ」と言った。

「社長の行きつけの銀座のお店を知っているんですか」刑部さんが目をまるくする。

「もう十年以上勤めているのよ。経理を手伝った経験もあるし、たいがいのことは知

ってるわ」方波見さんは涼しい顔で言った。

「ということは、本当に毒島さんは本当に銀座の店に行ったかもしれないわけですか」

　爽太の言葉に方波見さんは頷いた。

「可能性としてはあるかもしれないわね。まさか店に乗り込むまでのことはしないだろうけど、出てくるのを待って、院長に文句をぶちまけることはあり得るかも」

　そんなことをしたら本当に首になる。慌てる爽太の気持ちを逆撫《さかな》でするように、

「なるほどな」と手酌で熱燗《あつかん》を飲みながら話を聞いていた馬場さんが頷いた。

「邪推かもしれないが、その毒島さんという女性、火曜日の夜、ホテルに来た時点で辞める覚悟をしていたのかもしれないぞ」と爽太の顔を見る。

「お前の誘いに応じたのも、最後だから無下《むげ》に断るのも悪いと思ったせいだ。タイミングを見て、退職届を出すつもりだったんだろうな。だけど今日になって、社長が院長を接待することを知った。それで穏便に事を済ませられないと覚悟を決めた。院長に直接文句を言って、そのまま仕事を辞めるつもりでいるんだと思うぞ」

　酔っ払っているはずなのに、妙に的を射たことを言う。爽太の気持ちはざわついた。

「お前の名前を出して食事の誘いを断ったのは、そちらの二人に余計な詮索をされたくなかったせいだよ。他人に知られたくない秘密があるときに限って、人は余計な嘘をつくものだからな」

そう言われると否定できない。大変だ。このままでは毒島さんがどうめき薬局を辞めてしまう。爽太は方波見さんに向き直った。

「その銀座のお店、なんて名前ですか」

「みゆき通りから一本入った路地にある〈胡蝶蘭《こちょうらん》〉ってクラブだけど」と言ってから方波見さんは眉をひそめた。「これから行くつもり?」

「はい。行きます。僕の会計はこれで済ませてください」

財布を取り出し一万円札をテーブルに置いた。

4

胡蝶蘭の場所はすぐにわかった。みゆき通りの裏にある小さなビルの六階だ。クラブやラウンジが複数入っている建物らしく、黒服の男性や体にぴったりしたドレスを着た若い女性がひっきりなしにエントランスを出入りしている。あたりを注意深く見まわすと、少し離れた電柱と建物の陰に、ベージュのコートを着た女性が身を隠すように佇《たたず》んでいるのに気がついた。すぐに毒島さんだとわからなかったのは、コートの下が白いブラウスに黒い膝丈のスカートという服装のせいだった。さらに眼鏡を外して、しっかりとメイクを施している。

「毒島さん——」

そっと近づき声をかけた。

「水尾さん！　どうしてこんなところにいるんですか」

毒島さんは驚きの声を出す。

「それは僕の台詞ですよ。食事の約束をキャンセルしておきながら、こんなところで何をしているんです」

「いえ、それは――」毒島さんは悪戯を見つかった子供のような顔になる。

「クレームのことは聞きました。馬場さんと飲みに行った店で、偶然、方波見さんたちと会ったんです」

方波見さんたちと会った経緯と交わした話の内容を口にする。

「ここに来るまで半信半疑でしたけど、毒島さんがいるのを見て想像が正しいと知りました。是沢院長に文句を言って、どうめき薬局を辞めるつもりでいるんですね」

「そんなこと、水尾さんには関係ないと思います」

毒島さんは表情を変えることなく横を向く。

関係なくはないです、と言いかけて、その愁いを含んだような横顔に目を奪われた。真っすぐな鼻筋、切れ長で二重の目、形のいい唇。眼鏡を外して、メイクをしただけで、女性の顔とはここまで際立つものなのか。爽太の視線に気づいて、毒島さんは慌ててコートの襟を立てて顔を隠した。

「そんなにじろじろ見ないでください。似合わない恰好をしていることは、自分が一番わかっていますから」

「似合わないことはないですよ。普段よりも綺麗です」この状況にそぐわないと思いつつもそんな言葉が口をつく。

「やめてください。心にもないお世辞を言われることが、私は何より嫌いなんです」

「お世辞なんかじゃありませんよ。毒島さんは学生時代、ミスコンで準グランプリになったじゃないですか」そう言いかけて途中でやめた。毒島さんの眉が八の字になっていたからだ。

「どうしてそれを知っているのですか」

「いや、それは」

刑部さんから聞いたというのはまずいだろう。

「何でもありません」爽太は言葉を濁して首をふった。「すみません。話を戻します。いったい何をするつもりで毒島さんはここにいるのですか」

「それは水尾さんには関係ない話です」

毒島さんはつんと横を向く。

「関係なくはないですよ。もともとは僕と食事に行くはずだったじゃないですか。それをドタキャンして毒島さんはここにいるわけです。それに僕との約束を口実にして、方波見さんの誘いを断ったとも聞きました。だからいま毒島さんがここにいる理由について、僕は知る権利があると思います」

爽太の言葉に毒島さんは顔を曇らせる。

「すみませんが、私のことは放っておいてください。どうめき薬局を辞めようと思っているのは事実ですが、それは今回のことが原因ではありません。ひとつの仕事場に一年以上いないようにしているんです。居心地がいい薬局だとは思いますが、そろそろ潮時だと考えていました」

「どうしてひとつの仕事場に一年以上いないようにしているんですか」

「スキルアップのためです。建前として処方箋はどこの調剤薬局に持っていってもいいことになっていますが、現実問題として、患者さんは診察を受けた病院やクリニックの近くの調剤薬局に処方箋を持ち込みます。だから周辺の病院やクリニックの診療科目によって、調剤薬局の処方する薬は偏ってしまうんです。色々な診療科目の調剤を経験するためには、折を見て勤め先を変える必要があるんです」

「経験を積むために勤め先を変えるということですか」

「そうです。だから是沢院長のことが直接の原因ではありません。もともと年末までには次の勤め先を探すつもりでした。今回のことは、それが一か月早まっただけのことなんです」

前もって用意していたような答えだった。形ばかりの言葉では引き留めることは出来なそうだった。それで思い切って言ってみた。

「僕が残ってくださいと言ってもダメですか」

「えっ？」毒島さんは不思議そうな顔をする。

「僕は毒島さんと親しくなれて嬉しかったです。薬の話を聞けて勉強になりました。毒島さんがいなくなるのは嫌なんです。だから辞めないで、これからもどうめき薬局で仕事をしてください」

「待ってください。いきなりそんなことを言われても」毒島さんは困ったように眉根を寄せる。

「経験を積むために勤め先を変えるにしても、期限を一年に限ることはないわけですよね。延ばすことは出来ないのですか」

「それは出来ないことはないですが」毒島さんは視線を宙にさまよわせた。

「僕はもっと毒島さんと話をしたいんです。色々な話――薬の話が主でしょうけれど――もっと僕に聞かせてもらえませんか」

毒島さんは口を結んで、うーん、と唸《うな》った。

「水尾さんがそんな風に思っていたとは意外でした。そう言ってもらえるのは嬉しいですが、でもそうはいかない事情があるんです」

「どんな事情ですか」

訊いても返事はないだろうと思ったが、毒島さんはあっさりとその事情を打ち明けてくれた。

「この際だから言いますが、私は家出同然で家を出ています。家族は私を探しています。場合によっては連れ戻されるかもしれません。見つかると厄介なことになると思い、一年以上は同じ土地に住まないようにしています」

「家出……ですか」

思いもしなかった理由に爽太はしばし言葉を失った。

「じゃあ、前に北海道にいたというのもそれが関係しているわけですか」

「はい。北海道以外にも九州にも四国にも関西にも行きました。地方に行くほど薬剤師は引く手あまたになるんです」

「どういう理由で家を出たのか訊いてもいいですか」

「それは個人的なことなので話しません」毒島さんは毅然として言う。

「余計なことを訊きました」と爽太は一言謝ってから、

「でもご家族に居場所が知れたわけではないんですよね。それならそんなに慌てて辞める必要はないじゃないですか」と言葉を続けた。

そもそも年内は勤めるつもりでいた、と自分でも言っていたのだ。

「こういう言い方は何ですが、たまたまタイミングが重なったので、言うべきは言っておこうと思ったのです」毒島さんは少し声を落として呟いた。

「でも是沢院長に面と向かって文句を言えば、身元がばれて、社長にさらに迷惑がかかると思いますが」

そうなれば社長は、さらなる接待を是沢院長に強要されることになる。

「もちろんそれについても考えました。だから眼鏡を外してメイクをしたんです。これなら私と気づかれることはないはずです」と毒島さんは胸を張る。

「眼鏡を外してものが見えるんですか」

「伊達眼鏡です。家を出て以来、顔を隠すためにずっとしています」

「でも文句を言えば、その内容で誰だかわかると思いますが」

「今回の件だけではなく、これまでに彼が行った不正行為のすべてを糾弾するつもりです。これまでに自分で見聞きしたこと、さらには方波見さんから聞いた話と言うべきことはたくさんあります。だからそれを言ったことで私とばれることはないです」

「でも身元がばれないなら、逆に辞める必要がないのでは」

「いいえ、そうはいきません。倫理観の問題として、そこまでしたら辞めるしかないと思っています」

毒島さんの覚悟は固かった。言葉を尽くして引き留めたが、首を縦にふることはない。仕方ない。

「わかりました」と爽太は頷いた。

「毒島さんの気持ちはよくわかりました。それなら僕も一緒に行きます」

「一緒に行くとはどういうことですか？」毒島さんは首をひねる。

「僕も是沢院長に文句を言います」

「水尾さんが？」毒島さんの眉間に深いしわが出来る。

「やめてください。水尾さんには関係ないことです」

「関係なくはありません。接触性皮膚炎を足白癬と誤診をされた恨みがあります。あのときの恨みはまだ胸の中に燻《くすぶ》っています。この際だから僕もそれをぶちまけてやりますよ」

「何を言っているんです。そんなことをしても水尾さんにメリットはないですよ。あの先生のことです。きっと勤め先のホテルにクレームを入れますよ」

「そんなことは気にしません。僕は誤診をされた被害者ですからね。クレームがきたら受けて立ちます。出るところに出て争います。医療過誤で徹底的に争いますよ」爽太は胸を張った。

「馬鹿なことを言わないで下さい」毒島さんは眉間に深いしわを作って、諭すように言葉を続ける。

「そんな訴えを聞いてくれる弁護士さんはいませんよ。接触性皮膚炎を足白癬と診断しただけで、医療過誤だなんて言ったら笑われます。悔しい気持ちはわかりますが、騒ぎを起こしたところで水尾さんに得はありません」

「それならお訊きしますが、毒島さんにとって是沢院長に文句を言うことに得がありますか」

「私は自分の損得だけで行動しているわけではありません。誰もが是沢院長の不正行為を黙認しているわけではないと、本人に知らしめるための行動です」

「それは僕も同じです。今回のことをたいしたことじゃないと見逃せば、あの院長はまた同じような誤診を繰り返すことでしょう。それでまた困る患者が出るわけです。たかが足白癬と侮られては困ります。足白癬の痒さは経験した人間にしかわかりません。そのためにも誰かがはっきり言うべきだと思います」

「あのですね」物わかりの悪い子供に、噛んで含めるような口調で毒島さんは言った。「水尾さんがいくら文句を言ったところで、是沢院長が悔い改めるとは思いません。結局は水尾さんの自己満足で終わると思います」

「それは毒島さんだって同じじゃないですか。毒島さんが意見を言って、それであの院長が悔い改めると思っているわけですか」

「それは……何とも言えませんが」

「僕が是沢院長を医療過誤で訴えるのが滑稽なのと同じくらい、毒島さんのしようとしていることも滑稽なことだと思います。言いたいことを言って辞めれば、毒島さんは満足かもしれませんが、でも残された方波見さんや刑部さんはどうなりますか。このタイミングで毒島さんが辞めれば、是沢院長は自分が与える影響力をさらに過信するでしょう。是沢院長がそんな誤った自信を持ったとしたら、次に来る薬剤師の方にも迷惑がかかると思います」

爽太の言葉に、毒島さんは黙り込む。

「僕は毒島さんにどうめき薬局を辞めてほしくはありません。こんなことをするよりもっと賢明な方法があるような気がします。だからそれを一緒に考えてみませんか。保健所に行くとか、保険組合に訴えるとか、もっと公明正大なやり方があると思うのですが」

「……もちろんそれも考えました。でもどの話を取っても、訴えるには至らないというのが実情なのです」と毒島さんは声を落とす。

「でもきっと何か方法が――」

言いかける爽太の言葉を、「もういいです」と毒島さんは遮った。

「わかりました。文句を言うのはもうやめます」

「本当ですか」

「水尾さんと話をしていたら、少し冷静になりました。自分では冷静なつもりでいましたが、思っている以上に頭に血がのぼっていたみたいです。私もダメですね。あの年代の横柄で身勝手な医師を見ると、どうも冷静な判断が出来なくなるようです」

あの年代の医師という言葉に引っ掛かる。パワハラとかセクハラとかいう単語が思い浮かぶ。

「何か理由があるんですか。前に勤めていた調剤薬局で嫌な目に遭わされたとか」

「そういうわけではないですが……実は」

何かを言いかけた言葉を途中でやめて、毒島さんは顔をあげて通りの向こうに目をやった。爽太もそちらに視線をやった。胡蝶蘭の入ったビルの前に、数人の男女が出てきたところだった。金縁眼鏡をかけて派手な柄のジャケットを着た是沢院長がよろよろしながら現れた。ふくよかな丸顔で是沢院長を脇で支えている六十歳くらいの小柄な男性が百目鬼社長なのだろう。二人のまわりを数人の女性が取り囲んでいた。和服を着た貫禄のありそうな中年女性が胡蝶蘭のママで、赤や白や黄色のドレスを着た若い女性たちがホステスということか。是沢院長はかなり酔っているようで、横で支えている百目鬼社長がいなければ、そのまま倒れてしまいそうだった。

「毒島さん――」爽太は念を押すように言った。「何もしないで、このまま帰るということでいいですよね」

「そうします。あんな酔っ払いに何を言っても意味がないですし」

ほっと胸を撫で下ろしたときだった。「うるさい——!」という声が夜更けの路地裏に響き渡った。是沢院長が百目鬼社長を怒鳴ったのだ。

「ごちゃごちゃうるさいんだよ! 俺はママに話がある。お前はそこでおとなしく待っていろ!」

「でもタクシーが来てますよ」迎車のランプを灯して停車しているタクシーを百目鬼社長が指さした。

「そんなものは待たしておけばいいんだよ!」

百目鬼社長の手を振り払うと、是沢院長は和服の女性の前によろよろと進み出た。

「ママ、今日の酒はうまかった。ここは本当にいい店だ。俺は特にこの子が気に入った」

手を伸ばして、赤いドレスの女性の肩を引き寄せる。ママと赤いドレスの女性が何かを言ったが、その声は爽太たちには聞こえない。大声でがなる是沢院長の声だけが路地裏に響く。

「きみ、今度、ウチのクリニックに来なさい。よく効く痩せ薬を格安の値段で分けてやる。効果については間違いないぞ。なにせ天下の厚労省が認可した痩せ薬だからな——」

その言葉に颯子の言葉を思い出す。

「厚労省が認可した痩せ薬なんて本当にあるんですか」半信半疑で毒島さんに訊いてみる。

「ありますよ」と毒島さんは即答した。

「一般名はマジンドール、商品名はサドレックス。日本で唯一承認されている食欲抑制剤です。美容整形のクリニックなどで扱っているようですが、是沢クリニックでも扱っていたとは知りませんでした」

「本当に痩せるんですか」

「そのようですね。ただしアンフェタミンと似た作用があるので、取り扱いには慎重さが要求されますが」

「えっ、アンフェタミンって覚醒剤の成分じゃないですか！」

薬物の本で見た知識を思い出す。しかし毒島さんは涼しい顔のままだった。

「アンフェタミンは、アドレナリンやドーパミンなどの脳内物質の再取り込み抑制を起こすことで、覚醒作用や食欲抑制作用を発揮します。サドレックスの有効成分であるマジンドールは、食欲を司る視床下部を鈍らせることで、同じように覚醒作用や食欲抑制作用効果を発揮するのです。作用は似ていますが、化学構造は異なるので、正しい用法用量を守っていれば、副作用もコントロールできるし、離脱症状が起きることはありません」

医師や薬剤師の指示通りに使用すれば安心だという説明だった。

「でも、あの院長が患者さんに正しい用法用量をきちんと説明しますかね」

「実は、私もそれを心配に思ったところです」毒島さんが頷いた。

「妹がその薬を買おうとしているんですが」

口コミ掲示板で話題になっていると言うと、毒島さんは顔をしかめた。

「それは気になる話ですね。マジンドールは軽々しく服用していい薬ではありません」

「じゃあ、妹にはそれを説明してやめさせた方がいいですね」

「リスクがあることはきちんと説明するべきです。必要があれば私が話をしてもいいですが」

「いえ、それには及びません」

さすがにそこまで面倒はかけられない。

「もし妹さんが納得されないようでしたら、遠慮なく声をかけてください」と毒島さんは頷いてから、「それはそれとして、あの院長が本当にマジンドールを処方しているのか、もっとくわしいことを知りたいですね」と言った。

道の向こうから怒鳴り声が聞こえた。目をやると百目鬼社長が是沢院長を半ば強引にタクシーに乗せようとしているところだった。是沢院長は未練がましく赤いドレスの女性の手を握り、うるさい、俺はまだこの娘に話があるんだよ、と百目鬼社長に文句を言っている。

　毒島さんは呆れたようにため息をついてから、「行きましょう」とそちらに背を向けて歩き出した。

## 5

　翌週の火曜日。夜勤を終えた爽太は、是沢クリニックの入ったビルの前にいた。エントランスを抜けてエレベーターで四階へ。クリニックに入ると、待合室には杖をついた老人と制服姿の女子高生がいる。受付の女性に診察券を差し出した。

「前回と同じ症状ですか」受付の女性が訊いてくる。

「いえ。こちらでサドレックスという薬を処方してもらえると聞いたんですが」

　受付の女性はちらりと爽太の顔を見て、「おかけになってお待ちになってください」とロビーを指さした。五分と待たずに名前を呼ばれた。胸ポケットを軽く押さえて診察室に入る。

「えーと、水尾さんね。サドレックスが欲しいのか」是沢院長が訊いてくる。

「これまでに使った経験は？」

「初めてです」爽太は正直に言う。

「じゃあ、簡単に説明をしておくか。これは厚労省が唯一認可している食欲抑制剤だから、ドラッグストアで売っているサプリメントとは違い、服用すれば間違いなく体重は減ることになる。しかし服用をやめれば体重は元に戻る。それについてはあらかじめ覚悟をしておくように」

飲み続けなければ効果は維持できないということか。前に診察を受けたときより、妙に口調が優しいのが不気味だった。餅は餅屋、薬のことは薬剤師に聞け、とけんもほろろの対応をした医者と同じ人物とは思えない。

「とりあえず三か月分、処方しておくから」

是沢院長はキーボードを叩きながら、自明のことのように口にする。

「そんなにはいいです。一週間分でお願いします」爽太はすかさず口にする。

「一週間分？」是沢院長は眉をひそめて爽太を見た。

「話をちゃんと聞いていたのかね。毎日飲むことで効果が見込めるタイプの薬なんだ。それくらいの期間服用したところで、すぐに体重は元に戻ることになる。わざわざ来たんだ。せっかくだから三か月分持って行きなさい」

ぞんざいな口調で命令するように言う。やはりそれが地金のようだ。それでも爽太は従うことはしなかった。

「一週間分でいいです」ときっぱり口にする。

「なんだ。お試しか」是沢院長は馬鹿にしたように口を歪めると、「はいはい。一週間分ね。じゃあ、会計時に受付で渡すから」と肩をそびやかしてパソコンに向き直る。

これで話は終わりということか。

「薬はここでもらえるんですか。処方箋を持って調剤薬局に行く必要はないんですね」と確認のために訊いてみる。

「ああ、ここで渡すよ。何か問題でもあるのかい」

「日本の医療制度は、医薬分業が基本だと聞いたことがあるもので」

「それはあくまでも任意の話だよ。医師と歯科医師は特例として調剤することが認められている。薬を扱うのは何も薬剤師の特権ってわけじゃない」

前回とはまるで逆の発言だ。冷静でいようと思っていたけれど、やはり腹が立ってきた。毒島さんに難癖をつけて首にしろ、と社長に迫った恨みもある。

「――まだ、何かあるのかね」

立ち上がろうとしない爽太を見て、是沢院長が訝《いぶか》しげな声を出す。

「夏ごろ、水虫の治療でここに通っていたことがあるんです」

「水虫――？　ああ、そうか。それでその後、どうなったかね」是沢院長は興味なさそうにパソコンの画面に目をやった。

「お陰様でよくなりました。ステロイド外用薬を塗ったところ、すぐに治って、その後は再発していません」と皮肉を込めて言ってやる。

「なんだって？」是沢院長は眉根を寄せて爽太の顔を見る。

「素人が知ったかぶりをするものじゃないよ。ステロイドで水虫は治らない。水虫に効果があるのは抗真菌薬だ。前に出したのもその薬だよ。何を勘違いしたのか知らないが、専門家の前で間違った知識は口にしない方がいい」

どうやら自分の見立てが間違っていたとは微塵《みじん》も思っていないようだ。怒るのを通り越して本気で呆れた。もう二度とここに来ることはないだろう。

「勉強になりました。どうもありがとうございます」

胸ポケットに手をやってから診察室を出た。受付でお金を払い、薬を受け取った。

これで役目を果たしたとほっとした。


その夜。爽太は狸囃子を訪れた。小あがりの席で毒島さんたちが待っていた。

「どうでしたか」待ちかねたように毒島さんが訊いてきた。

「手に入れました。サドレックス一週間分です」

是沢クリニックで受け取った薬を、領収書やお釣りと一緒に飲み物や料理の並ぶテーブルの上に置く。

「それからこれが院長とのやりとりを録音したＩＣレコーダーです」

再生ボタンを押すと、是沢院長とのやりとりがスピーカーから流れ出す。毒島さんはもちろんのこと、方波見さんと刑部さんもテーブルの上に身を乗り出した。

『じゃあ、簡単に説明をしておくか。これは厚労省が唯一認可している食欲抑制剤だから、ドラッグストアで売っているサプリメントとは違い、服用すれば間違いなく体重は減ることになる。しかし服用をやめれば体重は元に戻る。それについてはあらかじめ覚悟をしておくように』

それで説明が終わったことに、毒島さんたちは一様に驚いた顔になる。

「説明はこれで終わりなの？」と方波見さん。

「服用の仕方や注意点、副作用や制限についてはまったく説明していませんね」と言ったのは刑部さんだ。

「おそらく添付文書には目も通していないんでしょうね。〈できる限り最小有効量を守ること〉とか、〈投与期間はできる限り短期間とし、三か月を限度とする〉という文言が入っていることには気づいていないのかもしれません」と毒島さんがため息をつき、「この薬は一日一錠、昼食前の服用が原則なんです。夜に飲むと睡眠障害を引き起こす可能性があるからです。しかし録音を聞く限りでは、院長はそんな説明は一言もしていませんね」と爽太に向かって質問する。

「はい。そんな説明は受けませんでした」と爽太は頷いた。

「そもそもの話だけど、太っていない水尾くんにそんな薬を処方すること自体がおかしいんじゃないか」

馬場さんがスマートフォンを見ながら、素朴な疑問を口にする。

「調べたら、その薬は処方するにも条件があると書いてあるけどな。肥満度70とか、BMI35以上ってかなり太っているってことだよな。水尾くんとはまるで合致しないけど、これはどういうことなんだ」

「それは保険適用の条件ですね。前提条件に〈あらかじめ適用した食事療法及び運動療法の効果が不十分〉という項目もあるので、該当する患者さんはかなり限定されるんです。でも自由診療なら、該当しない患者さんでも薬の処方が可能です」と毒島さんが馬場さんに向かって説明した。

自由診療。

それがこの問題のポイントだった。

あの夜、銀座を後にした爽太と毒島さんは一緒に神楽坂に戻った。方波見さんと刑部さんに話をしたい、と毒島さんが言ったからだ。方波見さんに電話をすると、まだ狸囃子で飲んでいると言う。すぐに行きます、と答えて、行きましょう、と毒島さんに言うと、この顔で会うのは恥ずかしいと言い出した。それで途中で化粧を落として、眼鏡をかけて普段の顔立ちに戻った。

いつもの容貌に戻った毒島さんは、狸囃子に着くと方波見さんと刑部さんに謝った。心配して誘ってくれたのに嘘をついて断って、是沢院長に文句を言おうとしていたことを率直な言葉で詫びたのだ。そうした上で自分の頑なさと狭量さを反省して、今後は同じことがあっても、もっと冷静に対処をするつもりだ、と頭を下げたのだ。

もちろん方波見さんと刑部さんに異存はなかった。その件はそれで終わりとなったが、その後であらためて毒島さんが、サドレックスの件を方波見さんと刑部さんに説明した。二人は顔を見合わせて、そんな話は聞いたこともない、と言い合った。近くのクリニックでそんな薬を処方していれば、噂くらいは聞こえてくるものなのだ。方波見さんがスマートフォンで是沢クリニックのウェブサイトをチェックした。しかしどこにもそんな薬を扱っていることは謳《うた》っていない。

「変ね。本当に扱っているならウェブサイトに載せると思うけど」

「妹は口コミ掲示板で見たとか言ってました」

口コミ掲示板はSNSを利用した匿名掲示板で、十代から二十代の若い利用者が多いことが特徴だ。刑部さんが自分のスマートフォンを操作して、ダイエット関係のスレッドにその話題があるのを発見した。厚労省に認可されたSという痩身剤が、神楽坂のKクリニックで購入できる、他のクリニックは細かいことにうるさいが、ここは院長が大ざっぱなので、半年分でも一年分でも薬を出してくれる、と書いてある。

　宣伝はしていないのに、口コミでそんな噂が広まっているらしい。

「変ですね。サドレックスなら、美容外科で処方しているところがたくさんありますよ。そういうところは自分のウェブサイトで堂々と宣伝しています。きちんと広告を出さないなんて妙な気がしますけど」と刑部さんが意見を口にする。

「半年分とか一年分を出しているってことを考えると、たしかに裏があるかもしれないわね」方波見さんが腕組みをする。

「あの、基本的なことを訊いてもいいですか。どうして院長はこの薬に限って、自分のクリニックで処方しているんですか。他の薬は処方箋で対応しているのに」

　爽太が訊くと、「もちろんお金よ。自由診療の薬は販売者が自由に売価を設定できるのよ」と方波見さんが教えてくれた。

「この薬の卸値はこれくらい」と方波見さんはスマートフォンの電卓機能を使って、一錠当たりの単価を表示した。

「保険適用で処方した際の薬価がこれで、調剤薬局で扱う保険適用外の薬価がこの程度。そして今回、水尾さんが処方してもらった一週間分の薬の領収書がこれ。計算すると一錠当たりの単価はこれくらい」

　方波見さんが示したスマートフォンには、さらに大きな数字が表示されている。以前、あのクリニックで見た身なりのいい女性患者のことを思い浮かべた。会計の際に数万円も払っていたのはこのためだったのか。

「この薬って、通販とか個人輸入では買えないんですか」

「規制上の区分は向精神薬です。だから通販はもちろん個人輸入も禁じられています。美容整形のクリニックには、もっと高い値段で売っているところもありますから、特に暴利を貪っているわけではありません。しかし未成年者を相手に、大量に売りつけるのは問題がありますね」

毒島さんの言葉に、方波見さんと刑部さんは頷いた。その後で三人の薬剤師は顔を突き合わせて意見を言い合って、結果として、この件をこのまま見過ごすわけにはいかないという結論に至った。

「とりあえず薬の実物を確認したいですね」

「でも私たちが買いに行くわけにはいきませんよ」

毒島さんと刑部さんの言葉を受けて、方波見さんが爽太の顔を見た。

「ということで私たちがお金を出すので、その薬を買いに行ってもらえないかしら」

爽太に断る理由はなかった。薬を手に入れたら、同じメンバーでまたこの店に集まることにして、その日はお開きになった。

そういう経緯で手に入れたのが、このサドレックスなのだ。

「――この薬、何か変じゃないですか」

PTP包装シートに入った薬をかえすがえす見ていた毒島さんが不思議そうに首をひねった。「サドレックスってこんな薬だったかな。私が扱ったものとは何か違うような気がするんですが」

「そうなの？」と方波見さんが首をひねる。「ウチの薬局では扱ったことがないから、私たちはよく知らないのよ」

「以前いた薬局で扱ったことがあるんです。近くに有名な美容外科があったもので……」毒島さんは慎重にPTP包装シートから錠剤を取り出した。そして顔の前に近づけて、「やっぱり変です」と断言した。

「識別コードが潰れていて読めません。もしかしたら偽物かもしれませんよ」

「えっ、偽物？」

方波見さんと刑部さんが毒島さんににじり寄る。交代で錠剤を手にしては、たしかに変ですね、読み取れなかったら識別コードの意味がないですよ、と言い合った。

意味がわからない爽太と馬場さんに、毒島さんが説明してくれた。正規に流通している錠剤には、必ず製造会社と製品名を特定する識別コードが刻印されているそうだ。それがないということは、正規に作られたものではないということになる。

「医師が偽薬を患者さんに渡しているなんて信じられない話ですけど」

「ブローカーに騙《だま》されて、本人も気づいていない可能性もありますよ」

「そういえば過去にも癌治療薬の偽物が出回った事件がありましたよね」

「怪しげなブローカーから仕入れた薬を売ること自体、金儲け優先で患者さんの安全を顧みない行動であり、それだけで医師失格と言えると思います」

三人はそれぞれに厳しい意見を口にする。

「でも、あのクリニックが入っているのは自社ビルですよね。あの院長の性格が悪いことはわかっていますが、そこまでして金儲けをする必要があるんでしょうか」

爽太の疑問に答えたのは方波見さんだった。

「自社ビルには違いないけれど、名義は奥さんになっているそうよ。前に社長に聞いたことがあるんだけど、あの院長、入り婿らしいのよ。開業するに当たっても、義理の父親が資金をすべて援助したそうで、奥さんにはまったく頭が上がらない状態なんですって。財布の紐《ひも》もすべて奥さんが握っていて、だから自由に使えるお金はあまりないみたい」

それで百目鬼社長に接待を強要したり、偽物まがいのサドレックスを売って小遣い稼ぎをしているわけか。

「それでこれからどうします。放っておくわけにはいきませんよね」

「でも偽物の可能性が高いというだけで、まだ偽物と決まったわけではないですよ」

「製薬会社に問い合わせて、調べてもらうことは出来ないんですかね」

「調べてもらえたとしても、時間がかかりそうな気がするけれど」

「手っ取り早いのは飲んでみることですね」

錠剤を指でつまみあげる毒島さんを、「ちょっと待って」方波見さんが止める。

「偽物ならどんな添加物が混じっているのかわからないのよ。そんな簡単に飲んでみるとか言わないの」

「でも実際にこの薬が処方されているわけですよね。そしてこれを習慣的に飲んでいる患者さんがいる。これは早急になんとかするべき問題だと思います」

「それはそうだけど、でも飲んだところで偽物かどうかはわからないじゃない」

「いえ、ある程度はわかります」と毒島さんは言い切った。

「私の場合、飲んで三十分ほどで空腹感が消えました。効果が持続するのは約八時間。副作用としては睡眠障害と口の渇きが強かったです。これを飲んで同じ効果と副作用があればいいですが、効果が弱かったり、別の副作用が出れば、偽物の可能性があると推測できると思います」

「もしかして飲んだことがあるんですか」

爽太の質問に、「はい」と毒島さんは頷いた。

「試せる薬はなるべく試してみるようにしていますから」

指でつまんだ錠剤を口に運ぼうとする毒島さんを、「だから待ちなさいってば」と方波見さんが慌てて止める。

「やっぱりダメよ。きちんとした薬ならともかくも、偽物の可能性がある薬を飲んだらダメ」

「でも他にいい方法がありません」

言い合う二人の間に、「まあまあ、落ち着いて」と馬場さんが割って入った。

「話を聞いていて思ったんだけど、マスコミに調べてもらうっていうのはどうだろうな。偽の痩せ薬を処方している医者がいると情報提供をすれば、興味を持って動いてくれる雑誌やテレビ局があるかもしれないぞ」

「なるほど。それはいい考えだと思います」刑部さんが手を打った。

「友達にテレビ局でＡＤをしている人がいます。その人に担当の人を紹介してもらうように頼んでみますよ」

「そういえば旦那の知り合いに雑誌記者の人がいたはずだわ。じゃあ、私はその人に連絡を取ってみる」と方波見さんも頷いた。

「だからこの薬は飲んじゃダメよ。証拠として、すべてこのままにしておいて」と手を伸ばして錠剤を毒島さんから取り上げる。

「とりあえず飲んでみるのが一番早いと思うんですが」

毒島さんはどこか納得できないような顔だった。しかしそれで話はまとまった。

「動くのは早い方がいいわね。すぐに旦那に電話をしてみるわ」と方波見さんが立ち上がる。

「私も友達に連絡してみます」と刑部さんも腰を上げる。

「じゃあ、俺も知り合いに当たってみるか。マスコミにつながりのある人間がいるといいんだが」と馬場さんも大きく伸びをする。

「じゃあ、今日はこれでお開きですね」と毒島さんが言うのを、方波見さんと刑部さんが、「あなたはまだいいわよ」「そうですよ。毒島さんはまだゆっくりしていってください」と一緒になって押しとどめた。

「えっ、でも」と戸惑う毒島さんを置き去りにして、方波見さんと刑部さんはお金を置いて席を立つ。

馬場さんも立ちあがり、「じゃあな、しっかりやれよ」と爽太の肩を叩いて出て行った。

後には爽太とぽかんとしている毒島さんが残された。毒島さんと二人で話をしたいので、そういう状況にしてくれないか、と前もって三人にお願いしてあったのだ。

「あの、毒島さん」爽太は口元を引き締めると背筋を伸ばした。

「これまでのこと、あらためてお礼を言います。伯父のことやステロイドの件で色々と助けていただきありがとうございます」

「とんでもありません。こちらこそ刑部さんの件と銀座の件でご迷惑をおかけしてすみませんでした」毒島さんもかしこまって頭を下げ返す。

「いいえ、毒島さんにしていただいたことに比べれば、僕がしたことなんか些細《ささい》なことに過ぎません」爽太はさらに居住まいを正した。

「それでと言ったら何ですが、ちょっと考えたことがありまして。それについて話を聞いてもらいたいのですが」

「どういうことでしょう」

「さっきの話ですが、マスコミが動いてくれるかどうかはわかりませんし、かりに動いたところでどれくらいの時間がかかるのかも読めません。それでも毒島さんは年内でどうめき薬局を辞めるつもりでいるわけですか」

「そうですね。結果を見届けられないのは残念ですが、前にお話ししたように家族との問題があるもので……。残念ですが後は方波見さんたちにお任せするしかないと思います」

やはりそうか。

「でも辞めるという話は、まだ誰にもしてないわけですよね」

「はい。もうそろそろかなとは思っていますが」

「話というのはそれなんですが……」爽太は慎重に話を切り出した。

「毒島さんは前に、自分は家出同然に家を出た、家族に居場所を見つけられたら連れ戻されるかもしれない、と言ってましたよね。どうして毒島さんが家を出たのか、どうしてご家族が毒島さんを連れ戻そうとしているか、そのあたりの事情は訊きません。でも毒島さんと知り合って、ここまで色々と話を聞いてきて、僕なりに考えたことがあるんです。だから今日はそれを聞いてもらいたいのです」

毒島さんは微妙な表情で首をかしげる。意味がよくわかっていないのだろう。

「結論から言います。ご家族は、毒島さんが現在どうめき薬局で働いているのを知っていると思います。知っていて、そのまま見守っていると思います」

「何を根拠にそんなことを」毒島さんの眉間に深いしわが寄る。

「知っているはずがありません。私はずっと秘密にしてきましたから」

「ひとつ訊きますが、毒島さんのお父さんのご職業はお医者さんではないですか」

毒島さんの目を見て爽太は言った。

「それも勤務医ではなく開業医。立川で中規模の総合病院を経営されていると思うのですが――」

黒縁眼鏡の中の瞳が大きく見開かれる。それをイエスと受け取り、爽太は別の質問を口にした。

「徳岡さんという男性をご存知ないですか」

「……知りません」毒島さんはこめかみに指を当てて、首を横にふる。

「では偽名ですね。年は三十五歳、中肉中背で猫背、頭が薄くなっています。七三分けの鬘やサングラスをつける姿も見ています。ちなみに風花で見たときは、窓際の席に座って、テーブルに医師国家試験の受験参考書を積み上げていました」

「三十五歳で医師国家試験の受験参考書？」

毒島さんは、あっと言って手で口を押さえた。

「誠《まこと》さんでしょうか。従兄です。医大を出たものの、医師国家試験に合格できず、父の手伝いをしながら浪人生活をしていました。私が家を出る前の話ですが、もしかしたらまだ受かっていないのかもしれません」

「やはり知っている人なのですね」

「本人を見ないことには何とも言えませんが……。でも誠さんが風花にいたってどういうことですか。いえ、どうして水尾さんが彼のことをご存知なのですか」

「その男性は、徳岡という名前でウチのホテルに泊まっていたんです。僕が思うに、お父さんの命を受けて、数か月に一度、毒島さんの様子を窺いに来ていたんじゃないかと思います。今年になって三度、宿泊していました。僕がチェックアウトを担当したときに、とある医療法人の名前で手書き領収証を出すように言われたんです。それまでは何とも思いませんでしたが、この前、毒島さんのご家族の話を聞いた後、ある可能性を思いついて、その医療法人をネットで検索してみました」

爽太はスマートフォンを取り出し、検索したページの履歴を呼び出した。

「その医療法人は立川で総合病院を運営していました。その病院の院長の名前が毒島史剛《ふみたけ》でした。それでご家族、たぶんお父さんだろうと思ったわけです」

爽太は液晶画面を毒島さんに見せた。

毒島さんは何も言わない。それを肯定ととって爽太は話を続けた。

「徳岡氏――じゃなくて、その誠さんが風花にいた目的は、たぶん毒島さんの姿を写真に収めて、現在の生活ぶりをお父さんに報告するためじゃないでしょうか。誠さんの宿泊履歴から考えて、毒島さんがどうめき薬局に勤めたすぐ後には、お父さんはそのことを把握していたのだと思います」

「誠さんの話はいいとして、どうして父が私の居場所を知ったのかがわかりません。北海道にいたときも、九州にいたときも、そしてもちろん今に至っても、実家には一度も連絡を入れていません。どういう方法で父はそれを知ったのでしょうか」

毒島さんは信じられないという顔で言い募る。

「残念ながらと言いますか、それは少しも難しいことではないです。前に刑部さんから聞いたのですが、成人して以来、選挙には必ず行っているというのは本当のことですか」

「それは本当です。社会人として当然のことですから。でもそれが今の話とどんな関係があるのですか」

「居住地の選挙権を得るには、住民票を異動することが不可欠です。つまり転居するたびに毒島さんはそれを動かしていたわけですね」

「もちろんです。勤め先から住民票の提出を要求されることもありますし、行政サービスを受けるためにも必要ですから」

「有権者としても、納税者としても、それは正しい行いです。でも家出人としては失格ですね。住民票を動かせば、転居先はすべて家族に知られます」

「そんなの嘘です。役所が第三者に個人情報を教えるはずがありません」

「そうです。第三者には教えません。でも同居している家族は第三者ではありませんよ」

毒島さんが固まった。ぽかんとした顔で、うつろな視線を爽太に向ける。

「赤の他人が毒島さんの住民票を、勝手に閲覧することは出来ません。でも親子に限っては話が別です。世帯の住民票を閲覧すれば、転居先を確認することは出来るし、その後に異動しても、戸籍の附票を取り寄せれば、異動履歴を確認することが出来るんです」

　そのふたつは家出人を捜すために、家族がするべき最も基本的なことだった。そして爽太はそのことを家出した息子を捜しに来た田上さんから聞いて知っていた。

「じゃあ、私が今までどこにどれくらいの期間住んでいたのか、父はすべて知っているということですか」

「住所に関しては役所に行けばわかります。でも勤め先や暮らしぶりはわからない。それで誠さんという人に依頼したのだと思います。毒島さんの転居した先々を訪れては、こっそりと仕事場の場所や日常生活の様子を探っていたのではないでしょうか」

　あの七三分けの鬘やサングラスは、正体を隠す変装のつもりだったのだろう。参考書さえ持って行けば、医師国家試験の勉強はどこでもできる。日当をもらって毒島さんの様子を探りながら、空いている時間を勉強に使う。それは彼にとってもおいしいバイトだったのではないだろうか。

「そう言われると腑《ふ》に落ちるところもありますが……。でも、信じられません。そこまで知っていながら、どうして私を連れ戻そうとしないのか」

　毒島さんはため息をついて、天井を見上げる。

「最初の頃は父からの使いという人が転居先に来て、すぐに家に戻りなさい、と言われることがあったんです。でも最近はそういうこともなくなったので、完全に姿をくらますことが出来たと思っていたんです」

それがただの勘違いだったなんて、と毒島さんは唇を噛む。

「これは僕の想像ですが、最初は毒島さんのことを心配して連れ戻そうとしたものの、薬剤師としてしっかり仕事をしていることを知って、距離を置いて見守ろうと考えたのではないですか」

爽太が気を引き立てるように言ったが、毒島さんはゆるゆると首をふった。

「うちの父はそんな温厚な人間ではありません。すべてを自分一人で決めて、まわりがそれに従わないと怒りだすような性格です。たとえて言うと是沢院長をさらに独善的にしたタイプです。今だから言いますが、私が銀座にまで押しかけて是沢院長に文句を言おうとしたのも、彼が父に似ていて、自分の感情が抑えられなくなったせいなのです」

今になってはただの八つ当たりだとわかります、と俯いた。

「正直言って、あのとき水尾さんに止めていただき助かりました。もし本当に文句を言っていたら、今頃は自己嫌悪できっとひどい状態になっていたと思います」

それから通りかかった店員に手をあげて、「すみません。あのお酒をください」と壁に張られたメニューを指さした。

「この際だからお話ししますが、前に話に出されたミスコンの件、それをないことにしたい過去だと言ったのも、やはり父が関係しています」

「どういうことですか」

「父が大学の学長と知り合いだったのです。同じ大学の先輩と後輩だったとかで、その関係もあって、私が準グランプリに選ばれたらしいのです」

「それはお父さんが裏で手をまわしたということですか」

爽太は思わず声をひそめた。にわかには信じられない話だった。

「証拠はあるんですか」

「証拠も何も父が自ら口にしました。卒業後の進路について、お互いの意見がぶつかったとき、はっきりと父は私に向かって言ったんです」

注文したお酒が運ばれてきた。切り子細工のグラスに入った吟醸酒を半分ほど一気に空けると、毒島さんは家族の話をしてくれた。

毒島さんには兄がいるそうで、兄は医者に、妹である毒島さんは薬剤師になるように、と父親に言われて育ってきたという。

「兄は医者になって父の後を継ぎ、私は薬剤師になってサポートをするように、というのが父の口癖でした。そして私はその言葉を疑うことなく信じて大人になりました。医師とは人間の命を救う崇高な使命を帯びた人間なのだ、と母から繰り返し聞かされていたこともあり、父はすごい。父は偉い、父の言うことはすべて正しい、とただ無邪気に信じていたからです」

そんなふうに素直に育ってきたが、高校を卒業して、大学に通いはじめると、自分の将来についてこのままでいいのかと疑問を持つようになった。しっかりした考えを持った同級生たちが大人びて見えて、ただ父の命令通りに生きてきた自分が情けなくなった。それで自分を変えたいと思うようになった。ミスコンに応募したのも、そんな気持ちの表れだった。そしてミスコンで準グランプリに選ばれたことが大きな自信になった。父親の庇護《ひご》がなくても自分は一人で生きていけるのだ。毒島さんは大きな自信を持ったのだ。

「薬剤師になろうと思ったのは父の命令に従った結果です。でも勉強を続けるうちに、薬についてどんどん興味を抱くようになりました。そして将来は薬剤師として、医師と同じように困っている人を助けたいという気持ちを、強く持つようになったんです。当時、大都市圏で薬剤師は余っているけれど、地方では人手不足で困っているという話がありました。だから卒業式後の家族のお祝いの席で、将来は薬剤師不足に悩んでいる地方に行って仕事をしたい、と父に言ったんです」

父はミスコンに参加することにも反対しなかった。だから娘の成長を喜び、諸手《もろて》をあげて賛成してくれると思った。しかしその考えは甘かった。

『馬鹿者！　地方になんか行く必要はない。お前がどうするかは俺がちゃんと考えている。まずウチの病院で経験を積んだら、適当な調剤薬局の経営権を取得出来るような段取りを考えている。だから余計なことは考えるな。お前は俺の言う通りにしていればいいんだ』

そう顔を赤くして怒鳴ったそうだ。

「それで言い合いになったんです。私が父に表立って反抗したのは初めてでした。そのときの父はかなりお酒が入っていました。私があまりに納得しないことに痺《しび》れを切らしたのか、ついには『誰のお陰でミスコンの準グランプリになれたと思っているんだ、全部、俺の差配のお陰だぞ』と叫んだのです」

毒島さんはそこまで言うと、ふうっと息を吐いて、グラスの吟醸酒を飲み干した。そして通りかかった店員にお代わりを注文した。

「父の言葉に私はショックを受けました。このまま家にいたら二度と父に逆らうことは出来なくなるだろうと思い、父の影響から逃れるためには家を出るしかないと思いつめました」

それで私は家を出たのです、と毒島さんは言った。

そんな事情があったのか。爽太はそっと息を吐き出した。

「だから父が私の居所を知っていて、それでも黙っているという話をすぐに受け入れることが出来ないのです。あの父に限って、そんな悠長な方法を選ぶとは思えません」

毒島さんは真っすぐに口を結んで下を向いた。他人が窺い知ることが出来ない家族の事情があるのだろう。余計な嘴《くちばし》を挟みたくはないが、爽太にも思うところがある。それで毒島さんを刺激しないように、言葉を選んで話をはじめた。

「毒島さんの家族の事情はわかりました。でも卒業後にすぐ家を出られたということは、もうずいぶん家に帰られていないことになりますよね。想像するに五年か六年というところでしょうか。毒島さんの不在を通して、お父さんやご家族に変化があったとしても、不思議ではない年月が経っていると思います」

爽太は田上弓子の話をした。

田上さんは、家出した息子を捜すために、戸籍の附票を取り寄せて、神楽坂のアパートの住所を突き止めた。訪ねてみると、すでにその場所には住んでないとわかったが、しかし田上さんはそこで諦めることをしなかった。写真を持って、近くの民家や商店、会社などを訪ねては、この子を知りませんか、前にこのあたりに住んでいたはずなんです、もし知っていることがあれば、なんでもいいから教えてください、と手当たり次第に訊きまわったのだ。道案内のため同行した爽太は、親とは子供のためにここまでするものなのか、と胸を打たれた。

「毒島さんの話を聞いて、田上さんのことを思い出しました。子供が突然いなくなって、心配しない親はいません。やり方は一方的かもしれませんが、毒島さんのお父さんも毒島さんを心配して、自分なりの愛情をかけていたんだと思います。だからいまお二人に必要なのは話し合うことだと思います。話し合えば、きっとお互いにわかり合えることが出来ると思います」

喋りながら毒島さんの様子を窺った。しかし黙ったまま身じろぎもしなかった、それで思い切って言ってみた。

「もし連絡をしづらいというなら、僕が協力してもいいですよ。休みの日にこっそりその病院に行って様子を見てきます。周囲に評判を聞き込むか、あるいはお父さん以外の人とコンタクトを取ってもいいですよ。お母さんか、お兄さん、どちらかにこっそり接触してきます」

「いえ、いいです。水尾さんにそこまでご迷惑はかけられません」

毒島さんは吟醸酒のお代わりを一口飲んでから、

「正直に言えば、私もこのままではいけないと思っていたんです。今度母に連絡を取ってみます。そして父と話し合える場を作ってもらいます」

「そうですか。それがいいと思います。うまくいくといいですね」

爽太は思わず破顔した。毒島さんが父親と和解をすれば、どうめき薬局を辞める理由もなくなるわけで、そうなることが一番の方法だと思ったのだ。

「あの、水尾さん、今度は私が質問してもいいですか」

「はい。何でしょう」爽太は口元を引き締めて、背筋をぴんと伸ばした。

「水尾さんは私のために、どうしてそこまでしてくれるのですか」

「えっ、それは……」

いきなり訊かれて答えにつまった。わかって言っているのか、それともまるでわかっていないのか。爽太が口ごもっていると、質問の意味がわからなかったと思ったのか、毒島さんは眉根を寄せて、言葉を選ぶように言い直した。

「水尾さんは薬局に来られたときから、私の話をよく聞いてくれました。もちろん自分の病気に関心を持つのは当然ですが、治った後も私のところに足を運んで、色々な質問をされました。さらには銀座にまで来て、私がどうめき薬局を辞めるのを引き留めてもくれましたし、どうしてそこまで私にこだわるのか――ただの親切心とも思えませんし、もし理由があるなら、それを教えてもらうわけにいきませんか」

――それはもちろん毒島さんが好きだからです。

そんな言葉が喉元まで出かかった。思い切って言ってみようか。――いや、やはり言えない。爽太はごくりと唾を飲み込むと、

「それは毒島さんの話に興味があるからです」と口にした。

「薬の話を聞くことが好きなんです。面白いです。勉強にもなります。だからこれからもそんな話をもっと聞かせてほしいです」

「やっぱりそういうことですか」と毒島さんは納得したように頷いた。そして口角をあげてにこりと笑った。

あれっ、と思った。もしかしてこれは初めて見る毒島さんの笑顔だろうか。

「初めてです。医療関係者以外で、薬の話が好きだという人と会ったのは」

微笑みながら毒島さんは話を続けた。

「世間の人にもっと薬のことに興味を持ってもらえる方法はないかと、私は常々考えていたんです。だから薬の話をするときは間違いがないように、正確に話すことを心掛けてもいたわけです。でも健康な人ほど薬の話に興味を持たないのが実情です。それなのに水尾さんは、ご自身のみならず、ご家族やご親族、果てはホテルのお客様のことにまで、病気と薬の関係について興味を持たれているご様子です。それぞれの病状や薬の使い方を心配して、わざわざ私のところに足を運ぶ、その姿勢に感銘を受けました。だから客室でリンドロンＤＰ軟膏がなくなって困っていると聞いたとき、わざわざ私を頼ってくれたのだから、なんとか力になりたいと思ったのです」

植木母娘の件でわざわざホテルまで足を運んでくれたのには、そういう理由があったのか。

「水尾さんがウチの薬局に来た経緯を考えると、昔から薬の話が好きだったとも思えません。それが今では、私が仕事を辞めるのを引き留めるほどに、薬の話に関心を持っているご様子です。どういうきっかけでそこまで薬のことに興味を持ったのか、よければそれを聞かせてもらえないでしょうか」

どうやら薬の話を聞きたいために、どうめき薬局を辞めるのを引き留めていると思っているようだ。動機と目的が完全に逆だ。それを説明するのは簡単だけど、それを言ったところで毒島さんが喜ぶとは思えない。それにこんなに嬉しそうな毒島さんを見るのは初めてだ。彼女をがっかりさせることは自分にとっても本意ではない。

「僕が薬の話に興味を持ったのは、すべて毒島さんに会ったことが原因ですよ。薬の話は難しくて専門的な話はよくわかりません。でも実はとても大事なことだということはわかります。正しい知識も持たないままで適当に服用すると、重大な問題を引き起こす可能性がある。そんなことも毒島さんと会って初めて知りました。セントジョーンズワートのことや、ステロイドのこともとても興味深い話でした。毒島さんと会うことがなかったら、そんなことは知り得ることもなかったと思います。だから毒島さんと知り会えてよかった。僕はそんな風に思います」

そこまで一息で言ってから、「すみません。こんなことしか言えなくて」と頭を掻いた。

「毒島さんが聞きたかったのは、きっともっと別のことですよね」

「いいえ。水尾さんの正直な気持ちが聞けてよかったです」

毒島さんは笑顔のままで、ゆっくりと首を横にふる。

「私も水尾さんと知り会えてよかったです。どうすればもっと世間の人に薬のことに興味を持ってもらえるか、その方法をもっと真剣に考えなければいけないとあらためて思うようになりました」

やっぱり真面目な人なのだ。

「そういうわけなので、どうかこれからもよろしくお願いします」と毒島さんは真面目な顔で頭を下げる。

「いいえ。こちらこそ」

同時に頭を下げながら、そういえば最初からお互いに頭を下げ合っているな、と爽太は考えて、くすりと笑った。

作中に出てくる薬の商品名は架空のものです。
薬は医師や薬剤師に相談のうえ使用ください。

参考資料


『処方解析トレーニング帳』　門林宗男・前田初男編著　化学同人
『日経ＤＩクイズ18』　日経ＢＰ社
『日経ＤＩクイズ　BEST100』　日経ＢＰ社
『身近にある毒植物たち』　森昭彦　サイエンス・アイ新書
『薬屋りかちゃん１、２』　新井葉月　双葉社

初出
「恋するホテルマンと笑わない薬剤師」　『『このミステリーがすごい！』大賞作家書き下ろしBOOK vol.21』二〇一八年六月
「消えたステロイドとお節介な薬剤師」　『『このミステリーがすごい！』大賞作家書き下ろしBOOK vol.23』二〇一八年一二月
「奇妙なクレーマーと笑わない薬剤師の秘密」　書き下ろし
「俺様院長の理不尽な処方箋と笑わない薬剤師の過去」　書き下ろし

宝島社
文庫

# 薬も過ぎれば毒となる　薬剤師・毒島花織の名推理
（くすりもすぎればどくとなる　やくざいし・ぶすじまかおりのめいすいり）

2019年5月24日　第1刷発行
2025年1月24日　第16刷発行

著　者　塔山 郁
発行人　関川 誠
発行所　株式会社 宝島社
〒102-8388　東京都千代田区一番町25番地
電話：営業 03(3234)4621／編集 03(3239)0599
https://tkj.jp
印刷・製本　中央精版印刷株式会社


ISBN 978-4-8002-9505-7